富安陽子
篠崎三朗 絵

幽霊屋敷貸します

新日本出版社

幽霊屋敷貸します

目次

第十一章　最後の答え

第一章　幽霊《ゆうれい》との約束

新しい家への引っ越《こ》しが決まったとき、父さんと母さんは、うきうきしていた。

だって、私《わたし》たちが今まで住んでいた2LDKのマンションとちがって、こんど引っ越す家というのは、りっぱな庭つきの一戸建て。それも〝お屋敷《やしき》〟と呼《よ》べるほどの代物《しろもの》だったのだから。

私だって、父さんたちに連れられて初めて、その家を見にいったとき、まさかほんとうに、こんなお屋敷に自分が住むことになるなんて思ってもみなかった。

しばらく人が住んでいなかったせいで、ちょっとくたびれて、庭にはボウボウ草が茂《しげ》っていたけれど、それでも、その家は堂どうとして、ほこらしげに見えた。真鍮《しんちゅう》のノブのついた玄関《げんかん》のドアも、深ぶかとした灰色《はいいろ》の屋根も、大きなガラスをはめこんだ明るいフランス窓《まど》も、なにもかもが、文句《もんく》なしの一級品という感じなのだ。

だけど、だいたい、こんなりっぱな家を、持ち主が格安《かくやす》で他人に貸《か》したいというのは、あやしい話だった。今だから正直に言うけど、その家を最初に見たとき、私《わたし》の左手の親指は、シクシクとうずき始めた。これは、なにかよくないことの起きる前ぶれである。予知能力《のうりょく》なんて言っていいのかどうかはわからないけど、昔っから私の左手の親指は、一大事が起きる前になるとシクシクうずいた。

母さんが駅の階段《かいだん》で転んで足の指を骨折《こっせつ》したときも、父さんが釣《つ》りに行って車の免許証《めんきょしょう》を海に落っことしたときも、そのすこし前に、親指が危険《きけん》信号を発するのである。

でも私は、その悪い予感を、父さんと母さんに言いだすことができなかった。喜んでいる父さんと母さんをがっかりさせる気にはなれなかったのだ。有頂天《うちょうてん》になっている両親にむかって、「なんだか、イヤな予感がする」なんて言いだせる小学生がいるだろうか。

こうして、結局、私たちは、そのりっぱなお屋敷《やしき》に引っ越《こ》すことになった。

春休みが始まったばかりの、ある暖《あたた》かな日曜日。私たちはフトンと身の回りの品を車に積み込《こ》んで出発した。引っ越し荷物の大半は母さんが運送屋さんにたのんで、きのうのうちに新しい家の方に運んでおいてくれたのだ。

父さんの運転する車に乗って見なれた街なみの中を走っていると、なんだか、これから

Coffee

自分が新しい町に引っ越《こ》していくという気がしない。五年生まで通っていた小学校の前を通る時、私《わたし》は、ちょっと悲しくなって、思わず両手のこぶしをひざの上でぎゅっとにぎりしめていた。

シクシクと、また、親指がうずき始めている。いやな感じ！　いったい、これから行く町には何が待ち受けているんだろう。いじわるな友だち？　ヒステリーの先生？　もし、そんな学校だったら最悪だ。私は、父さんと母さんに聞こえないように、小さくため息をついた。

「二時間ぐらいで着くからね。途中《とちゅう》で、お昼を食べていこう」

高速道路の乗り口で父さんが言った。

私たちは途中のドライブインで早めのお昼をすませてから、ようやく、新しいわが家にたどり着いた。最初にこの家を見学に来た時は、まだ寒い季節だったけど、今、お屋敷《やしき》のまわりには春の光があふれていた。ぼんやりとたよりない陽《ひ》ざしの中で庭の木ぎの新芽が輝《かがや》いている。どっしりとした玄関《げんかん》のドアの前に立ち、灰色《はいいろ》の屋根を見上げていると、なんだかこの古いりっぱなお屋敷にじっと見下ろされている気がしてくる。この家は、人なつっこそうには見えない。私たちの到着《とうちゃく》を歓迎《かんげい》しているというよりは、落《お》ち着《つ》き払《はら》って私

たちの出方をうかがっているような感じだ。

父さんが、玄関《げんかん》のドアに銀色の鍵《かぎ》をさし込《こ》んだ時、私《わたし》は胸《むね》がドキドキした。

カチリ……。小さな音をたてて、ドアの鍵がはずれる。雨戸を閉《し》めきった暗い家の中に向かって、木の扉《とびら》がゆっくりと開いた時、私はやっと、ほっと息をはいた。

新しい家の中では、おなじみの家具たちが私を待っていてくれた。でも、せまいマンションにおさまっていた家具も、広い家の中では、心細そうに見える。部屋はどこも、ガランとして殺風景な感じだった。

「さ、残りの荷物を運んじゃいましょ」

母さんが、ぼんやりとしている私の肩《かた》をポンとたたいて言った。

「オーケー。まかしといて！」

わざと元気に答えて車のトランクにかけ寄《よ》った時、私は、かすかな気配に気づいてハッと目を上げた。おとなりの二階の窓《まど》にだれかいる。でも、そのだれかさんは、私が家を見上げた瞬間《しゅんかん》にサッと身をかくしてしまった。まちがいない。だって、風もないのに二階の窓のカーテンがゆれている。

ちょっと、気味が悪い。こっそり、私たちのことを見てるなんて。ひょっとして、この

家に待ち受ける災難《さいなん》っていうのは、変てこな隣人《りんじん》なのかも……。あやしい人物が住んでたらどうしよう……。

「どうかした？」

またまたボンヤリしている私《わたし》に、母さんが首をかしげた。

「ううん。べつに……。早く、トランク開けてよ」

あわてて首を振《ふ》りながら、チラリととなりの家を見上げてみる。もうカーテンは動いていない。さっきのだれかさんは、どこかへ行ってしまったんだろうか。それとも、まだじっと、カーテンのかげから、私たちの様子をうかがっているのだろうか。

もう絶対《ぜったい》そっちの方を見ない……と心に決めて、私はもくもくと荷物運びに専念《せんねん》した。

その日は、夕方まで大いそがしだった。家の中には、数えきれないほどのダンボール箱が積み上げられている。その箱の中味を、キチンとそれぞれの場所にしまっていかなくてはならないのだ。

前に住んでいたマンションの時とちがって今度の家には、ちゃんと私《わたし》の部屋があった。二階の西側にある六畳《じょう》の洋間。引っ越《こ》しは、あんまりうれしくなかったけど、自分の部屋を持てるのは、すごくうれしかった。そこにはもう、マンションのリビングに置いてあ

った私《わたし》の勉強机《べんきょうづくえ》がおさまっている。母さんは、私の部屋の窓《まど》に、バラの花束の模様《もよう》が入ったポプリンのカーテンをつるしてくれていた。じゅうたんも淡《あわ》いローズピンクなので、部屋全体がふんわり明るい感じに見える。新しい自分の部屋を片《かた》づけるのって、ワクワクする。

私は、その日、夕方までずっと、部屋の整理に熱中した。おかげで左手の親指のことも、あやしいおとなりの住人のことも、すっかり忘れてしまっていたぐらいだ。

夕暮《ゆうぐ》れになると、オレンジ色の夕陽《ゆうひ》が西向きの窓辺《まどべ》にさしこんできて、一階の台所からは香《こう》ばしい匂《にお》いがただよってきた。母さんがカレーを作っているらしい。お腹《なか》がグウッと音をたてた。お昼前にドライブインでサンドイッチを食べたっきりだったので、私は腹《はら》ぺこだったのだ。

トントントンと階段《かいだん》を上ってくる足音がして、母さんが私の部屋をのぞきこんだ。

「あら、だいぶ片づいたじゃない。そろそろご飯だから、手を洗《あら》って、降《お》りてらっしゃい」

「うん。わかった、このダンボールの中味だけ本棚《ほんだな》に入れたら、すぐ行くね」

私は大急ぎで、ダンボールの底に残っていた本を本棚におしこみ、二階のはしっこにあ

るトイレの水道で手を洗うと、ダイニングにかけ降《お》りていった。

「おまたせー！」

そう言って、ダイニングの中に足をふみ入れた私《わたし》は、一瞬《いっしゅん》、ドキリとして立ち止まった。部屋にはもう灯《あか》りが灯《とも》り、食卓《しょくたく》の上ではカレーを盛《も》ったお皿が湯気をたてている。そのテーブルの中央にすわった父さん。父さんの後ろにたたずむ母さん。二人は石のように固まったまま、じっとテーブルの向こう側を見つめていた。そして、二人の視線《しせん》の先には、見たことのないおばさんが一人、ピンクのカーディガンを着て、ピンと背筋《せすじ》を伸《の》ばし、すましかえってつっ立っていた。

私は、すぐ、ダイニングを包むはりつめた空気に気づいた。椅子《いす》にすわった父さんは、テーブルをはさんで立つ、その見知らぬおばさんを見て、あんぐりと口を開けていたし、父さんにかくれるようにして椅子の後ろにたたずむ母さんは途方《とほう》にくれているようだった。

「こんにちは」

ピンクのカーディガンのおばさんが、落《お》ち着《つ》き払《はら》った声で私にあいさつをした。その様子があんまり堂どうとしていたので、私はまるで自分の方が、見知らぬ家のお客になった気がした。

「……こんにちは……」

そうあいさつを返して、かすかに頭を下げたそのときだった。私《わたし》は、もうひとつ、驚《おどろ》くべきことに気づいた。よく見ると、おばさんの体は、すきとおっていたのだ。

窓《まど》の外を包む夕闇《ゆうやみ》と、あわい電灯《でんとう》の光のせいで、それまでは気づかなかったけど、頭を下げ、視線《しせん》がゆれたはずみに、ピンクのカーディガンをすかして、後ろの食器棚《しょっきだな》が見えた。手も足も青白い顔さえも、よく見ると、かすかにすきとおっている。

「ゆ、幽霊《ゆうれい》？」

私は、思わずつぶやいてしまった。おばさんがうれしそうににっこりとうなずく。

「そうね。そう呼《よ》んでもらってもかまわないわ」

母さんが、父さんの肩《かた》に手をかける。私も思わず、父さんたちのそばに身を寄《よ》せる。

「い、いったいなんの用ですか？」

父さんが、しぼり出すような声でたずねた。

「ぼくたち、きょう、こちらに越《こ》してきたばかりで、どういうことなのか、さっぱり……」

おばさんは、ひとかたまりになった私たち家族を、余裕《よゆう》たっぷりにながめると、おもし

ろそうにクスクス笑った。

「あなたたちが、この家に住むのにふさわしい人たちかどうか、たしかめにきたの。だって、この家に、妙《みょう》な人たちを住まわすわけにはいきませんからね」

父さんが椅子《いす》をけって立ち上がったので、私《わたし》はびっくりした。

「なにを言ってるんです！　ぼくたちは、ちゃんと正式の契約《けいやく》をして、この家を借りたんですよ。審査《しんさ》にもパスしてます。ふさわしいとか、ふさわしくないとか、あなたなんかにいわれるすじあいはありません」

父さんは、もともと短気だった。この場合、父さんのかんしゃくが、恐怖《きょうふ》を完全に上まわってしまったのだろう。父さんは、ダイニングテーブルの向こうに立つ、ピンクのカーディガンの幽霊《ゆうれい》をにらんで、カッカとおこっている。

父さんのうしろにかくれた私と母さんは、幽霊がなんと言いだすか、ハラハラと様子を見守った。

幽霊の口もとから小さなため息がもれた。

「ああ……。契約っていうのは、あの不動産屋との契約のことでしょっ、まったく、家を借りようっていう人に、前もって、幽霊がでるって教えないなんて、ほんとうにフェアじ

ゃありませんよ。ま、それが、あの不動産屋の手なんですけどね。あの人たちは、最初、この家を買い取って、ここを取りこわして、マンションを建てようとしたの。でも、そんなこと、とてもがまんできませんからね。私《わたし》は、思いっきり抵抗《ていこう》しましたよ。それで、あの人たちは、ふるえ上がっちゃったのね。それで、建《た》て替《か》えはあきらめて、考えだしたのが、つまり、気のいい、世間知らずの借り手をみつけるっていう方法だったのよ。これは、なかなか効率《こうりつ》のいいやり方だわ。だって、せっかくこの家を借りたって、幽霊《ゆうれい》がでるとなれば、みんな、すぐでていっちゃいますからね。その度《たび》に、不動産屋には、敷金《しききん》だの礼金だのががっぽりはいって、もうかっちゃうっていうわけよ。そう考えると、ほんとうに、あの不動産屋には腹《はら》が立つわ」

「そう思うなら、なんであなたは、ぼくたちがこの家に住む邪魔《じゃま》をするんですか。それじゃあ、不動産屋の片棒《かたぼう》をかついでるようなもんじゃないか」

父さんは、いよいよおこって、幽霊にくってかかった。

おばさんの幽霊は、ちょっと眉《まゆ》を上げ、まじめくさった顔で父さんを見た。

「ここは、私の家なの。不動産屋がどういったかは知りませんけどね、私は、私が気に入った人でなきゃ、この家に住まわせる気はないのよ。不動産屋との契約《けいやく》なんて、私の知っ

たこっちゃないの。あなたたちだって、幽霊《ゆうれい》にいやがらせをされながら暮《く》らすのはいやでしょ？　だから、もし、この家で気持ちよく暮らしたいのなら、あなたたちは、私《わたし》の試験にきちんとパスしなくちゃ、だめ。もし、パスする自信がないなら、さっさと荷物をまとめてでていくことね。おわかりかしら？」

ダイニングの中に重たい沈黙《ちんもく》が流れた。父さんと母さんと私は、ぴりぴりするような緊《きん》張《ちょう》の中で、じっと幽霊を見つめていた。しかし、おばさんの幽霊の方は、いかにもくつろいだ様子で、出かかった小さなアクビをのみこんだりしている。

とうとう、いどむように父さんが口を開いた。

「……もし、いやだと言ったら？」

幽霊は、肩《かた》をすくめる。

「そりゃあ、おたがい、ちょっと大変なことになるでしょうね。私は、しょっ中、家中の家具をガタピシゆすったり、電灯《でんとう》を消したり、あなたたちをおどかして回らなくちゃいけなくなるし、そうなれば、あなたたちだって、住み心地《ごこち》満点ていうわけにはいきませんからね。もちろん、幽霊屋敷《やしき》に住むのが趣味《しゅみ》だって言うなら話は別ですけど……」

母さんと私は、思わず顔を見合わせていた。私たちは二人とも、幽霊屋敷に住む趣味な

んてなかった。遊園地のお化け屋敷《やしき》でさえきらいなのに。やっぱり、私《わたし》の左手の親指は、正しかったのだ。

こんな、とんでもない災難《さいなん》が待っていたなんて……。私たちは幽霊《ゆうれい》屋敷に引っ越《こ》してしまったのだ。

もう一度、父さんが幽霊に質問《しつもん》する。

「……じゃあ、もし、仮《か》りに、われわれが、あなたの試験とやらにパスしたら？　そしたら、あなたは、この家をぼくたちにあけわたすって言うんですね？」

おばさんの幽霊は、わずかに首をかしげた。

「あけわたすっていう言い方は好きじゃありませんね。あなたたちを受け入れると言わせてもらおうかしら」

「その約束がうそじゃないっていう保証《ほしょう》は、どこにあるんです？」

父さんが、ちょっといじわるくたずねると、幽霊のおばさんは、一瞬《いっしゅん》、父さんをにらむような目をして、それから、ツンと頭をそらした。

「幽霊は、うそをつきません。名誉《めいよ》にかけて、約束は守ります」

みんなは、まただまりこんだ。私には、父さんが、なんと答えるつもりなのか、わから

なかった。せっかく整理した荷物を、もう一度ダンボール箱に詰《つ》め直して、ここから出ていくのか、幽霊《ゆうれい》の試験に挑戦《ちょうせん》するのか……。どちらかと言えば私《わたし》は、幽霊つきの家なんて出て行った方がいいんじゃないかと思った。

口をつぐんだ父さんが、チラリと母さんをながめて、つづいて私の方を見た。父さんの目と私の目が合った。何か意見を言わされるのかと思ってドキドキしたけど、結局、父さんはだまって幽霊の方を向き、そして、こう言った。

「いいでしょう。ぼくたちは、あなたの試験を受けることにします」

私は、父さんの答えを聞いてがっかりした。とにかく当分は、この幽霊屋敷《やしき》で暮《く》らすことになる。

「そうこなくちゃ」

ピンクのカーディガンの幽霊がうれしそうにほほえんで、順ぐりにこっちを見たので、私はあわてて、目をそらした。このすけすけのおばさんに、心の中まで見すかされそうな気がしてこわかった。

「……あの……」

そのとき、初めて、母さんが、おずおずと口を開いた。

「……でも、その試験っていったい、どんな試験なんですか？　三日の間に、部屋いっぱいの金貨を集めてこい……とか、ドードー鳥の羽根を三枚《まい》持ってこい……なんて言われても、私《わたし》たちには、できるはずもないですしね。……つまり、その……、試験を受けるかどうかは、その試験のレベルによりけりじゃないかと思うんです」

母さんの意見はもっともだった。学校の入学試験にだってレベルがある。初めっから受かる可能性《かのうせい》のない試験を受けるぐらいなら、さっさと別の道を選んだ方がいいに決まっている。

「ご心配なく」

幽霊《ゆうれい》のおばさんは、やさしく言った。

「そんな、無茶《むちゃ》な問題を出したりはしませんよ。あたしは、ただ、三つの謎《なぞ》の答えを、あなたたちに考えてもらいたいだけなの。私は、一つずつ、順番に、三つの問題を出しますから、あなたたちは、それぞれの答えを三日の間にみつければいいのよ。みごと、三問とも正解《せいかい》なら試験は、合格《ごうかく》。でも、途中《とちゅう》でつまずいたら、試験は、おしまい。簡単《かんたん》でしょ？」

父さんと母さんと私は、三人そろって顔を見合わせた。おばさんの言葉にうなずいてい

いものかどうか、よくわからなかった。

ためらっている私《わたし》たちを見て、幽霊《ゆうれい》のおばさんは、小さくため息をもらした。

「……いいわ。それじゃあ、本番の試験の前に、まず、力試《ちからだめ》しをしてみましょうか。このナゾナゾの答えを考えてね。人も犬もスズメも金魚も、小さな子どももおじいさんも、貧《まず》しい人も大金持ちも、だれでもみんな、生まれた時から死ぬまでずうっと、お誕生日《たんじょうび》がくると、必ず一つもらえる、プレゼントは、なんでしょう?」

父さんがポカンと口を開《あ》けた。母さんが、助けを求《もと》めるように私の方を見た。

私は、しばらくだまっていた。父さんか母さんかの、どちらかが、早く、ナゾナゾの答えに気づいてくれないかと思っていた。でも、いくら待っても、だれも口を開かないものだから、とうとう私は、おばさんの幽霊の方に顔を上げた。

幽霊と目が合った時、私は、胸《むね》がぎゅうっとしめつけられるような気がした。自分が今、幽霊と顔を見合わせているのだと思うと、心臓《しんぞう》がドキドキしてくる。

「答えが……わかったのね?」

幽霊のおばさんが、静かにたずねた。その、黒い瞳《ひとみ》の奥《おく》に、食卓《しょくたく》の電灯《でんとう》の灯《あか》りが映《うつ》って、キラキラ輝《かがや》くのが見えた。

「とし……って、いうか、年齢《ねんれい》……」

私《わたし》は、思いついた答えを言った。父さんと母さんが、私の方を見ている。

すきとおった幽霊《ゆうれい》の口元に、満足そうなほほ笑《え》みが広がった。

「ご名答」

私は吸《す》いこんでいた息をそっとはき出した。幽霊のおばさんが、大きくうなずく。

「生まれてから死ぬまで、お誕生日《たんじょうび》がくる度《たび》に、だれでも一つずつもらえるプレゼント……。それは年齢よね。でも、私はもう、そのプレゼントももらえないけど……」

そう言った時のおばさんは、ちょっぴり悲しそうだった。父さんが、そのスキにつけこむように、すばやく口をはさむ。

「ええ……。では、これで、一問目はパスしたっていうことで……」

「何言ってるの。これは力試《ちからだめ》しだって言ったでしょっ」

幽霊のおばさんは、じろりと父さんを見て、ぴしゃんとやり返した。それから気を取り直したように、もう一度背《せ》すじを伸ばすと、静かな声で話し始めた。

「では、あなたたちに、一問目の問題を出します。〝全部で六文字。最後は『ん』で終わる〟私の名前をあてててください」

私《わたし》が目を上げると、テーブルの向こうから、おばさんがじっとこっちをみつめていた。

そのとき、私には幽霊《ゆうれい》のおばさんの声が聞こえた気がした。

『あなたなら、だいじょうぶ。きっと、答えをみつけてくれるわね？』

「？」

……気のせいだろうか？　とまどう私の前で、カーテンがふくらんで、春の夜風が、幽霊の姿《すがた》をかき消す。

「では、三日後に、また逢《あ》いましょう」

ダイニングを満たす夜のにおいの風の中で、幽霊の声だけが響《ひび》いた。

第二章　忘《わす》れられた名前

幽霊《ゆうれい》のおばさんが消えたダイニングで、私《わたし》たちはしばらく、風にゆれるカーテンを見ていた。

「どうしたらいいのかしら」

母さんの声に、父さんがハッと顔を上げた。

「そうだな。まず、カレーを食べようか」

私と母さんは、あきれたように顔を見合わせ、テーブルの上で冷えきっているカレーを見つめた。

父さんが元気よくスプーンを取り上げて、冷たいカレーをモリモリと口に運ぶ。

「なあに、心配ない。あの幽霊の名前を当てればいいんだろ？　簡単《かんたん》なことさ」

「どうして？」

私《わたし》は思わずたずね返した。

「だって、あいつはこの家の、もとの持ち主だって言ってたじゃないか。あすの朝一番に、不動産屋に電話して聞いてみれば、すぐにわかるさ」

母さんが首をかしげる。

「そんなこと、不動産屋が教えてくれるかしら？」

「あたりまえじゃないか！」

父さんが急にスプーンをふり上げたので、ごはんつぶが一つぶ、私の目の前まですっ飛んできた。

「幽霊屋敷《ゆうれいやしき》をひとに貸《か》しておいて知らん顔をしてたんだぞ。その幽霊の名前を教えてくれとたのんで、何が悪いんだ。もし、答えられないなんて言ったら、訴《うった》えてやる！」

またカッカし始めた父さんにため息をついて、母さんは椅子《いす》に腰《こし》を下ろした。

「幽霊と一緒《いっしょ》に暮《く》らすなんていやだわ。いつも、どこかで見られているようで……」

私も、うなずく。

「そうよ。あすまでは、父さんが休みだからいいけど、あさって会社に行っちゃったら、私と母さんは二人っきりなのよ。そんな時にまた幽霊が出たらどうするのよ」

「今度は、三日後って言ってたから、それまでは出ないだろ。幽霊《ゆうれい》は約束を破《やぶ》らないそうだし……」

短気でおこりっぽいくせに、父さんは楽天家である。

「まあ、とにかく、一問目のナゾは、もう解決《かいけつ》だ。この調子なら、二問目、三問目も楽勝だろ」

だけど、ほんとに、そううまくいくんだろうか？　だれにでも簡単《かんたん》にわかるような問題を、幽霊が出すはずがない気がする。口まで出かかった不安をのみこんで、私《わたし》はスプーンに手を伸《の》ばした。その時、左手の親指がまたシクシクとうずいた。

引っ越《こ》し一日目の夜、くやしいけど私は新しい自分の部屋で寝《ね》られなかった。幽霊屋敷《やしき》で眠《ねむ》るのだと思うと、どうしても一人ぼっちでベッドに入る勇気がなかったのだ。仕方なく私は、父さんと母さんのベッドの間にフトンをしいて眠った。

母さんもその夜は、なかなか寝つかれない様子だった。広いベッドルームの中には、規《き》則正《そくただ》しい父さんのいびきだけが響《ひび》いている。

『あの幽霊も、今ごろ、この家のどこかで眠ってるのかなあ……』

……そんなことを考え、なん度も寝返りをうつうちに、やっと私は、不安な眠りに落ちて

いった。

前の晩《ばん》の寝不足《ねぶそく》のせいで、翌朝《よくあさ》は、ずいぶん遅《おそ》くまで目がさめなかった。母さんと二人で朝ごはんの用意をしていると、やっと父さんがベッドから起き出してくる。

時刻《じこく》は十時五分。時計を見たとたん、父さんがはりきり出した。

「よおし！　朝飯前に、まず不動産屋に電話するぞ！」

電話の引っ越《こ》し工事はきょうの午後からの予定なので、父さんは食卓《しょくたく》に携帯《けいたい》電話を持って来た。私《わたし》は、父さんの前に、湯気のたつコーヒーを置いた。

「ああ、もしもし」

電話に向かって急に父さんがしゃべり始めた。

「私、榎本《えのもと》と申しますが、その節はお世話になりまして、きのう、ぶじ、引っ越しも終わりました。え？　いや、別に、不都合があったというわけじゃないんですがね」

父さんが、チラリと私たちを見る。

「不都合、大アリじゃないねえ」

私が、こっそりつぶやくと、母さんが、しかめっ面《つら》で、シイッと合図した。

「……実は一つ、教えていただきたいことがありまして。いやいや、クーラーの電源《でんげん》のこ

とじゃありません。この家のもとの持ち主のことなんです。その方の名前を、ぜひ、うかがえませんか。たぶん、なん年か前に亡《な》くなった年輩《ねんぱい》の女性《じょせい》だと思うんですが……」

電話の相手が何かしゃべる間、食卓《しょくたく》の上には、短い沈黙《ちんもく》が流れた。

「どうして、そんなことを知りたいかっておっしゃるんですか？　それは、あなたも、よくご存《ぞん》じなんじゃないですか？」

父さんは、電話の向こうの不動産屋に向かって、冷たく言い返した。

「この家の間取り、陽当《ひあ》たり、風通し……。ずいぶんいろんなことをていねいに説明してもらいましたが、あなた、一つだけ、説明してくれなかったでしょ？　……つまり、この家には、ある、とんでもないオマケがついてるっていうことを……。そのオマケのせいで、今、ちょっと困《こま》ってましてね。その問題を解決《かいけつ》するために、ぜひとも、この家のもとの持ち主の名前を知る必要があるんです」

父さんは〝幽霊《ゆうれい》〟という言葉は口にしなかった。でも、どうやら、電話の向こうの不動産屋には、父さんの話の意味が十分に通じたらしい。それが証拠《しょうこ》に相手は、むだな抵抗《ていこう》をやめ、あっさり、父さんの質問《しつもん》に答えてくれたのである。

「……アンポ、ユキエ？　ずいぶん変わった名前ですね？　安心の安に、保険《ほけん》の保、雪ダ

ルマの雪に、江戸《えど》の江ですね？　安保《あんぽ》さんが亡《な》くなったのは、いつですか？　……二年前？」

父さんが電話口でくり返す言葉を、あわてて母さんがメモする。

私《わたし》は、白いメモ用紙の上にならんだ、ボールペンの字をじっとみつめた。

〝安保雪江《ゆきえ》〟

「……だけど、これって……」

私はつぶやいていた。

「最後に〝ん〟がつかないじゃない」

電話に集中している父さんと母さんには、私の言葉が聞こえなかったらしい。

「その方が亡くなった後、お宅《たく》に、この家を売ったのはどなたですか？　つまり……、この亡くなった安保さんのご家族がいらっしゃるんなら、ついでに、教えていただけませんかね」

相手の返事を待って、父さんはだまりこんだ。今度はずいぶん長い沈黙《ちんもく》である。

「エダ・オサム？　江戸の江に、田んぼの田。オサムは理科の理、一文字。安保さんと名字がちがいますが……。ああ、雪江さんの甥《おい》に当たる方ですか。できれば、連絡先《れんらくさき》を……。

……？　ああそうですか。わかりました。それなら結構《けっこう》です。どうもありがとうございました」

父さんは電話を切り、大きく息を吐《は》き出した。

「ま、こんなところだろ」

携帯《けいたい》電話のスイッチを切った父さんは上きげんだった。

「この家を不動産屋に売った江田《えだ》っていう人の連絡先《れんらくさき》は教えてもらえなかったけど、まずは、幽霊《ゆうれい》の名前がわかっただけで大成功じゃないか。これで、一問目は、パスできるな」

私《わたし》が口を開くより早く、母さんが、おずおずとしゃべりだした。

「……でも、あなた。たしか、あの幽霊が言っていたのは、全部で六文字で、最後に〝ん〟のつく名前ってことじゃなかったかしら？　安保雪江《あんぽゆきえ》なら、字数は六つだけど、最後に〝ん〟なんてつかないわ」

父さんは、ムッと押《お》しだまり、目の前に置いてあったコーヒーをグビグビと飲み干《ほ》した。ゴトンと、重たいマグカップをテーブルの上に置き、きっぱりとした口調で父さんは言い放った。

「いいや。まちがいない。あの幽霊《ゆうれい》の名前は、安保雪江《あんぽゆきえ》なんだ。不動産屋がうそをつくは

ずがないだろう？　三年前に死んだ、この家の元の持ち主だっていうんだから、ほかに考えようがないじゃないか。最後に〝ん〟がつくかどうかなんて、知ったこっちゃないさ」

知ったこっちゃない……と言われても、困《こま》る。正解《せいかい》を決めるのは、父さんではないのだから。

母さんは、だまって考えこんでしまった。私《わたし》も、なんとか、正解に近づく道をさがしだそうと、全神経《ぜんしんけい》を集中する。〝安保雪江《あんぽゆきえ》〟が正解でないのなら、なにか別の答えがあるはずだった。

「……たとえば……」

私は、頭の中の考えを口に出してつぶやいてみた。

「……たとえばよ。もし、あの幽霊のおばさんの言ってたのが、本名のことじゃなくて、ニックネームだったら、どうかな……」

「ニックネームだって？」

父さんが首をかしげ、母さんと顔を見合わせた。私は声にだして、つぶやきつづけた。

「……あたしの本当の名前は榎本季子《えのもとときこ》だけど、学校の友だちは、みんな、トキちゃんて、あたしを呼《よ》んでたでしょ？　あの幽霊《ゆうれい》のおばさんにも、本名とは別に、そんな特別の名前

があったのかも……」

私《わたし》が、ちょうど、そう言い終えた時、リビングのカーテンがふくらんだ。まるで、見えない幽霊からの合図のように。

父さんと母さんと私は、風もないのに突然《とつぜん》ふくらんだカーテンを、びっくりしてながめていた。

私たちが見守るうちに、カーテンはしぼんで、また静かに窓辺《まどべ》にたれさがった。

「ど、どうやら……、季子《ときこ》の考えがあたっている……ということらしいな……」

父さんが少し、せきこむような声で言った。

「……ええと、それで、なんだったかな？　そうだ！　ニックネームをあてればいいんだな」

「まあ……簡単《かんたん》に言えば……」

私は、父さんにうなずいてみせた。母さんが悲し気なため息をもらす。

「そんなのむずかしすぎるわ。もう亡《な》くなってしまった人が、昔、どんな名前で呼《よ》ばれてたかなんて、みんな忘《わす》れてしまうものよ。それに愛称《あいしょう》っていうのは一つとは限《かぎ》らないでしょ？　季子《ときこ》だって、女の子のお友だちにはトキちゃんて呼ばれてるけど、男の子たちは

エノモンて呼《よ》んでいたし、いとこの充《みつる》ちゃんはトッキーって呼ぶでしょ？　たくさんの呼び名の中の、どれが正解《せいかい》なのか、どうやってわかるの？」

「だから、その名前は、特別な名前なの。たくさんの呼び名の中で、その名前だけが、特別な意味を持つ大切な名前なんだわ」

父さんは、わけがわからないという顔で、ウーンと考えこんだ。

「特別なニックネームねぇ。本名が安保雪江《あんぼゆきえ》だから、一番ありえそうなのが、〝ユキちゃん〟か〝ユキエちゃん〟。これなら最後に〝ん〟がつくぞ。それとも、名字をもじって〝アンポンタン〟っていうのはどうだ？　おっ！　これだと字数が六つで、最後が〝ん〟だ！　うん、こりゃあ、いける！」

父さんがうれしそうに叫《さけ》んだ時、驚《おどろ》いたことに、私《わたし》たちの囲んだテーブルが、ガタピシと飛びはねた。私たちは、飛びはねるテーブルを見て青くなった。母さんが、非難《ひなん》するような目で父さんを見た。

「あなたが変なことを言うから、あの人がおこってるのよ。あの人はどこかで私たちの話を聞いているんだわ。注意しなくっちゃ……」

朝ごはんが終わると、私は、残っていた片づけをするために、自分の部屋に引きあげる

ことにした。幽霊《ゆうれい》の名前あては、しばらくおあずけ。いくら考えたって、そう簡単《かんたん》に答えがわかるはずがない。

六畳《じょう》の部屋に入ると、母さんの言葉が頭をかすめる。

〝あの人は、どこかで私《わたし》たちの話を聞いてる〟

幽霊に見張られているというのは、あまり気持ちのいいものではない。私は部屋のドアを開け放ったまま、片づけにとりかかった。

それにしても不思議なことがある。あの幽霊のおばさんは、私たちに、どうして欲《ほ》しいというのだろう。カーテンをふくらませたり、テーブルをゆすって、わざわざメッセージを送ってよこすなんて、まるで私たちに正解《せいかい》を当ててほしがっているみたいだ。

「それなら、いっそ、答えを教えてくれればいいのに……」

声に出してつぶやいてから、私は、ハッと息をのみこんだ。幽霊が聞いているかもしれない。

午後になると電話工事の人たちがやってきた。片づけも一段落《いちだんらく》した私は、工事の間、家のまわりを散歩してくることに決めた。

門を出て、通りに足をふみ出したとたん、おとなりの家の前でこっちを見ている男の子

と目があった。学年は、私《わたし》と同じぐらいだろうか。グレーと青のしまのTシャツを着た、すばしっこそうな子である。私は、きのうの引っ越《こ》しの時、となりの家の二階の窓《まど》からだれかが私たちの様子をうかがっていたのを思い出して、いやな気がした。

男の子は、じろじろと、ものめずらしそうに私の方を見ている。

私は、むしゃくしゃ腹《はら》が立って、頭をつんとそらすと、だまってその子の前を通りすぎようとした。

すると、その時、その子が口を開いた。

「こんちわ。君、ポオおばさんの幽霊屋敷《ゆうれいやしき》に越してきた子だろ?」

私は、はじかれたように顔をあげ、その子の目の前で立ちどまった。心臓《しんぞう》が早いスピードで、ドキドキと鳴りはじめる。

「……今、なんていった? だれの屋敷ですって?」

「だからさ、ポオおばさんの幽霊屋敷の子だろ?」

「ポオ……おばさん?」

私は、男の子の口にした名前をくり返した。それは、きっと、あの幽霊おばさんのことにちがいない。でも、この子はどうして、あの幽霊を〝ポオおばさん〟なんて呼《よ》ぶんだろ

う？　そう思った時、私《わたし》は、ハッと気がついた。

ポ・オ・お・ば・さ・ん……その名前は全部で六文字。おまけに最後が〝ん〟で終わっている。

ドキ、ドキ、ドキ、ドキ。……私の心臓《しんぞう》がいよいよはげしく波打ち始める。

だまって立ちつくしている私を見て、男の子が、ちょっと困《こま》ったように首をかしげた。

「……あれ？　気、悪くした？　でも、みんな言ってるよ。あの家には幽霊《ゆうれい》が出るって。だから、君たちの前に越《こ》してきた人たちも、その前に越してきた人たちも、みんな、すぐ出てっちゃったんだ。ぼくなんて、もう、十回以上も、あの家に引っ越してくる人を見てるんだぜ」

そう言ってから男の子は、急に声をひそめ、私の方に顔をつき出した。

「ね、どうなの？　君、幽霊を見た？」

私は、やっとの思いでその子をにらみ返した。

「あんた、いったいだれなの？　他人の家のことを、根掘《ねほ》り葉掘《はほ》り聞くなんて、失礼でしょ？」

男の子が、ちょっとビクンとなって、目をしばたく。

「……ああ、ゴメン。ぼくは丸山啓《まるやまけい》。君んち……っていうか、幽霊屋敷《ゆうれいやしき》のとなりに住んでるんだ」

「じゃ、あなたね？　きのう、おとなりの二階の窓《まど》から、こっそり私《わたし》たちのこと見てたの……」

私は怒《いか》りをおさえながら、ジロリと丸山啓を見る。啓は困《こま》ったような顔でちょっと笑って、左手で髪《かみ》の毛《け》をクシャクシャとかき回した。

「……ああ、ゴメン。だって、今度はどんな人が幽霊屋敷に越《こ》して来たのかな……と思って。そしたらぼくと同い年ぐらいの女の子が見えたからさ……。君は、なん年生？　なんて名前なの？」

「……あたしは……、榎本季子《えのもとときこ》。今度六年だけど……」

ためらいながら答える私に向かって、丸山啓が目を輝《かがや》かせて笑いかけた。

「ラッキー！　じゃ、ぼくと同い年だ！」

なんだか調子のいいやつ！　どうして、あなたと同い年だとラッキーなのよ……。勝手にもり上がっている丸山啓をながめながら、私はだまっていた。

「それでさ、さっきの話のつづきだけど、君、幽霊見た？　それって、ひょっとしてポオ

おばさんの幽霊《ゆうれい》じゃない？」

その言葉で、私《わたし》も心にひっかかっていた質問《しつもん》を思い出した。

「……丸山《まるやま》君……」

私がそう呼《よ》びかけると、突然《とつぜん》、丸山啓《けい》はクスクス肩《かた》をすくめて笑い出した。

「ケイでいいよ。ＨＩＪＫのＫ。みんな、そう呼ぶから。丸山君なんて、どっかよその人みたいで変な感じ」

仕方なく私は言い直す。

「……ケイ……君。あなた、ポオおばさんって言ったけど、その人って、三年前に亡《な》くなったこの家のおばさんのことでしょ？　どうして、ポオおばさんって呼ぶの？　あなた、そのおばさんのこと、よく知ってるわけ？」

啓は、すぐにうなずいた。

「うん。知ってるよ。だって、小さいころは、よくおとなりに遊びにいってたから。そのころ、おとなりには時どき、親せきのトム君っていう子が泊《と》まりに来てたんだ。その子が、おばさんのことを〝ポオおばさん〟って呼んでたから、ぼくも、同じように呼んでたっていうわけさ」

「トム？」

私《わたし》は、思わず聞き返した。ポオおばさんには外国人の親せきでもいたのだろうか。

丸山啓《まるやまけい》は、私の目の前で、しばし考えこんだ。遠い記憶《きおく》を思い出そうとしているようだ。

「……ええっと。本名は、なんだっけな？　ツトム……。そう、そう。なんとか努《つとむ》っていうんだ。小田《おだ》努だっけな」

「ひょっとして、江田《えだ》努？」

私は、父さんがけさ、不動産屋さんから聞き出した幽霊《ゆうれい》のおばさんの親せきの名字をたずねてみた。

「そう！」

ケイが大きくうなずく。

「江田努。それで、おばさんは、いつも、トム君って呼《よ》んでたんだ。……で、トム君は、おばさんを〝ポオおばさん〟って呼んでた。トムは、ぼくより、一つ年下で、〝安保《あんぼ》のおばさん〟っていうのが、いいづらかったんだろうね。だから、ポオおばさんになっちゃったんだと思う」

お屋敷《やしき》に遊びにきていた親せきの男の子が、舌足《したた》らずに呼んでいた名前。その〝ポオお

ばさん〟という呼《よ》び名こそ、幽霊《ゆうれい》のクイズの一問目の答えにちがいないと私《わたし》は思った。

「ねぇ。それで？　どうなんだ？　もう、出た？　ポオおばさんの幽霊にあった？」

ケイは、わくわくしたように、私に質問《しつもん》した。私はジロリとケイをにらんで短く答えた。

「出たわよ」

「ひえーっ！」

ケイは、有頂天《うちょうてん》になってすっとんきょうな叫《さけ》び声をあげる。どう見てもこわがっている顔ではない。ひとごとだと思って喜んでいるのだ。

私は、頭にきた。

「ね、一度、ぼくにも幽霊、見せてくれよ。ポオおばさんの幽霊なら、まんざら知らない仲じゃないし、ぜひ逢《あ》ってみたいな。幽霊って、どんな感じ？　スケスケなの？　足は、なかった？」

今度こそ、私は、ケイを無視《むし》することにした。

「いつでも出るわけじゃないのよ」

投げ捨《す》てるようにいってクルリと背《せ》を向ける。

「さよなら」

第三章　二つ目の謎《なぞ》

幽霊《ゆうれい》との約束の日まで、あと二日ある。私《わたし》は、丸山啓《まるやまけい》から教わった名前を、父さんと母さんには教えないでおくことにした。なぜって私には〝ポオおばさん〟っていう名前が正《せい》解《かい》だって言いきる自信がなかったから……。それに、うっかり、この名前を教えて、父さんがまた調子に乗るのも心配だった。短気な父さんは、きっと約束の日なんて無視《むし》してどなり出すかもしれない。〝おおい！　幽霊、出てこい！　あなたの名前はポオおばさんなんだろ？〟なんて言い出したら最悪だ。幽霊はまたおこり出すに決まってる。

　だから私は父さんと母さんに何もしゃべらなかった。父さんと母さんも、あれっきり、幽霊の名前さがしはあきらめたらしい。おとなたちはきっと、みつかるあてのない名前をさがすのがバカバカしくなってしまったのだ。父さんは幽霊に逢《あ》ったら〝ユキちゃん〟とか〝アンポンタン〟とか、思いつくままにいろんな名前をならべたてる気でいるんだと思

う。

母さんの方は幽霊屋敷《ゆうれいやしき》で息を詰《つ》めて暮《く》らすのにくたびれているようだった。この前、目の前でテーブルが飛びはねて以来、私《わたし》たちはいつもどこかで幽霊に見張られている気がして落ち着けなかった。だから母さんは幽霊からきっぱり〝出ていってくれ〟と言われるのを期待してるんじゃないかと思う。

火曜から父さんは会社に出かけ、広い家の中は、いよいよガランとして、私と母さんは心細かった。

私たちは二人きりの昼の間、できるだけ家の中にいないようにした。屋敷の庭は、雑草《ざっそう》がボウボウに茂《しげ》っていたので、その庭の草ぬきは、いい時間つぶしになったのである。

ポオおばさんの屋敷には、家の正面に面した南むきの庭と、家の裏手《うらて》に面した北むきの庭がある。南むきの芝草《しばくさ》のすみには、こわれかけた花壇《かだん》を囲むまあるい石組みが残っていた。

「ここなら、すてきな花壇ができるわね。それとも、トマトかキュウリを植えてもいいわ……」

思わずうれしそうに言ってしまってから母さんは、ハッと息をのむ。

「……もちろん、この家に、ずっと住むことになったらの話だけど……」

南側の芝草《しばくさ》の庭とちがって、北側の裏庭《うらにわ》には、小さな林と呼《よ》べるほど、たくさんの木が茂《しげ》っている。椿《つばき》にもみじ、樫《かし》にクヌギ……。林のまん中には、石でできた、鳥たちのための水飲み場まであった。

『これで、幽霊《ゆうれい》さえ出なければ、最高にステキなんだけどな……』と、私《わたし》は思った。

こうして、落ち着かない気分のまま、幽霊との約束の水曜日がやってきた。

父さんはこの日、午後から有給休暇《きゅうか》をとり、昼過《ひるす》ぎには家に帰ってくることになっていた。もし、幽霊が約束どおり、ちょうど三日目に私たちの前に現《あらわ》れるつもりなら、出てくる時間も前回と同じ夕方ごろのはずだった。私も母さんも、二人っきりで幽霊と対面したくなかったので、幽霊が約束を守ってくれることを祈《いの》っていた。結局父さんは二時過《す》ぎに家に帰ってきた。

幽霊との対決に備《そな》えるためなのか、帰ってくるなり父さんは「昼寝《ひるね》をする」と言って、さっさとシャワーをあび、ベッドにもぐりこんでしまった。

幽霊は、まだ出ない。庭で草ぬきをつづけながら私と母さんは、約束の時間を待っていた。

「……お父さん、どうするつもりなのかしら……」

母さんが、小さな声で、こそりとつぶやいた。

「……大丈夫《だいじょうぶ》。あたしに考えがあるから……」

私《わたし》も、ひそめた声でささやき返す。母さんは、驚《おどろ》いたように私を見て、何か言いかけたが、どこかで聞き耳をたてているかもしれない幽霊《ゆうれい》のことが気になったのか、そのままだまりこんでしまった。

スミレ色の夕暮《ゆうぐ》れがあたりを包みはじめるころ、私と母さんが庭から家の中へ入っていくと、昼寝《ひるね》からさめた父さんが、リビングのソファで夕刊《ゆうかん》を読んでいた。

「そんなに真剣《しんけん》に草をぬかなくてもいいんじゃないか？」

汗《あせ》まみれの私たちを見て、父さんが、あきれたように言う。

「ずうっと、この家に住むか、どうかもわからないのに……」

意外に気弱なことを言って、父さんは新聞をたたんだ。

その時だった。リビングの窓《まど》にかかったカーテンが風もないのに、大きくふくらんだのは。

ハッと、目を見張る私たちの前で、部屋のすみにたまった夕暮れの闇《やみ》が、一か所だけ、

だんだん、濃《こ》くなっていくように見える。まるで、うす暗い影《かげ》が、より集まって、固まっていくみたいだ。集まった影は、カーテンの前で、一つの形にまとまった。気がついた時、私《わたし》たちの目の前に幽霊《ゆうれい》おばさんがたたずんでいた。ピンクのカーディガンを着て……。

「みなさん、こんばんは」

それが、幽霊おばさんの第一声だった。

「こんばんは……」と答えたのは私だけで、父さんと母さんはだまりこんでいる。幽霊のおばさんは、それでも、気を悪くする様子もなく、にっこりとほほえんで私たちを見回した。

「約束の三日目がきましたよ。あなたたちは、一問目の答えを、見つけられたかしら？」

父さんと母さんが顔を見合わせる。父さんは、大きく息を吸《す》いこんだ。

「ええ……。そう……。たぶんあなたの名前は……」

父さんに、まちがった答えを言わせるわけにはいかない。私は、イチかバチか、あの名前を言ってみることに決めた。

「あなたの名前は、ポオおばさん……でしょ？」

三組の目がいっせいに、私をみつめる。ポカンと口を開けた父さん。こおりついたよう

に息をつめた母さん。そして、かすかに首をかしげる幽霊《ゆうれい》のおばさん。

夕暮《ゆうぐ》れのダイニングの中で、口を開こうとする者はだれもいない。私《わたし》の心臓《しんぞう》はドキドキと波打ち、にぎりしめた手が汗《あせ》ばんでくるのがわかる。ひょっとして、私の答えは、まちがいだったのだろうか？

「……ああ……」と、その時、幽霊のおばさんがため息をもらした。

「その名前を最後に聞いたのは、いつだったかしら」

父さんが、ソワソワと、私とおばさんを見くらべている。私をみつめる、おばさんの目が笑った。

「ええ。そう。私の名前はポオおばさん。……それは、忘《わす》れられた大切な名前……。よく、探《さが》し出してくれたわね」

私は、あんまりホッとしすぎて、泣き出したいような気分だった。やっぱり、思ったとおり、正解《せいかい》は丸山啓《まるやまけい》が教えてくれた名前だった。遠い昔、おとなりに遊びに来ていたトム君が呼《よ》んでいたおばさんの名前……。私たちは、幽霊の一回目の問題をぶじにパスしたのである。

急に元気づいた父さんがすっとんきょうな笑い声をあげた。

「ハ、ハ、ハ。軽い。軽い。一問目は、これでＯＫ。お次は、どんな問題です？」

ポオおばさんは笑わなかった。

「もう一つ、みつけてほしいものがあるのよ」

おばさんは、静かな目で、私《わたし》をみつめていた。まるで、私だけにしゃべりかけるみたいに……。

「私の大切な宝物《たからもの》をさがし出して、ここに持ってきてほしいの」

「宝物……？」

父さんと母さんと私は、ポオおばさんの言葉に首をかしげた。

「宝物っていうと、つまり、金銀財宝《ざいほう》っていうことですか？」

父さんの質問《しつもん》に、ポオおばさんが、ちょっと肩《かた》をすくめる。

「それは、みつけてみればわかるわ」

「そんな無茶《むちゃ》な！」

父さんは憤慨《ふんがい》して叫《さけ》んだが、ポオおばさんの口元には、からかうようなほほえみがうかんでいる。

「鳥の目のまん中にはえたクヌギの木の穴《あな》の中をさがしなさい。そこに、きっと、宝物が

入っているはずだから」

「鳥の目のまん中？」

私《わたし》は、びっくりして聞き返した。ポオおばさんの視線《しせん》と私の視線がからみ合う。その時、私には、また、あの声が聞こえた。

『あなたなら大丈夫《だいじょうぶ》……。あなたなら、きっと、みつけてくれるわね？』

私はハッと息をのんだ。ポオおばさんの姿《すがた》が、スミレ色の夕闇《ゆうやみ》の中に溶《と》けこもうとしている。

「鳥の目のまん中に、木がはえるわけないでしょうが！」

父さんが、消えていくおばさんに向かって大声でどなっている。

カーテンをゆらす風の中に、幽霊《ゆうれい》の最後の言葉が響《ひび》いた。

「では、また。三日後に逢《あ》いましょう」

ポオおばさんの消えた窓辺《まどべ》をみつめ、私たち三人はぼんやりとだまりこんでいた。

「冗談《じょうだん》じゃない。今度は宝《たから》さがしだって？」

父さんが、新聞をテーブルの上に投げ出し、ブツブツとつぶやくのが聞こえた。

母さんが、そっと、私の腕《うで》に触《ふ》れたので、私は母さんの顔を見た。

「キコちゃん。あなた、どうして、幽霊《ゆうれい》の名前がわかったの？」

「ああ……」

私《わたし》は、軽く肩《かた》をすくめる。

「となりん家《ち》の男の子に教えてもらったのよ。丸山啓《まるやまけい》っていう子。今度、六年だって……」

「まあ、じゃあ、キコちゃんと同い年じゃないの。その子が、どうして、この家の幽霊の名前を知ってたわけ？」

「小さいころ、この家に遊びにきたことがあるんだって。そのころ、ここのおばさんの所に、親せきの子が、たまに遊びにきてて、丸山啓は、その子と遊んだことがあるらしいのよ。その親せきの子がね、あのおばさんのことを〝ポオおばさん〟って呼《よ》んでたのよ」

父さんが首をかしげた。

「なんだって、ポオおばさんなんだ？」

「だから、〝安保《あんぽ》のおばさん〟だからよ。その子、小さくて、ちゃんと〝安保のおばさん〟って言えないから〝ポオおばさん〟になっちゃったんだろうって、丸山啓が言ってた」

「丸山啓《まるやまけい》、丸山啓って、呼《よ》びすてにするんじゃありませんよ」

母さんに注意されて、私《わたし》はムッとした。

「だって、丸山君って言ったら、気に入らないっていうんだもん」

「じゃ、ケイ君って言いなさい。お友だちを呼びすてにするなんて失礼でしょ？」

まったく、こんな時でも母さんは本当に細かい。私は、イライラして、ぷいとそっぽを向いた。

一人、ソファにすわったまま考えこんでいた父さんが口を開いた。

「……親せきの子っていうと、あの不動産屋が言ってた、幽霊《ゆうれい》の甥《おい》っていう人の子どもかな？」

「そうよ」と私はうなずく。

「江田努《えだつとむ》。その江田理《おさむ》っていう人の子どもだと思うよ。丸山啓は……」と言いかけて、私は、母さんの視線《しせん》に気づき仕方なく言い直した。

「……ケイ君は、〝トム〟って呼んでたんだって」

「ふうん」

父さんが腕《うで》を組む。

「幽霊《ゆうれい》のおばさんの歳《とし》が七十ぐらいとして、江田理《えだおさむ》っていう甥《おい》っこは四十代。その子どもなら、季子《ときこ》と同じぐらいの歳だな……」

「丸山《まるやま》……じゃなくて、ケイ君より一歳《さい》下だって言ってた」

「ふうん」

またまた考えこんだ父さんは、やがて、ポンとひざを打って顔を上げた。

「よし。ぼくは、不動産屋にあたって、もうちょっと、その親せきのことを調べてみよう。親せきなら、相談にのってくれるだろう。自分たちの伯母《おば》さんが幽霊になって、屋敷《やしき》に居《い》すわってるって聞けば、なんとか追い出す方法を考えてくれるかもしれない。母さんも、できるだけ、近所の人なんかに聞いて、その親せきの人たちが、今、どこでどうしてるのか情報《じょうほう》を集めてくれ。さて、それで……季子には、宝《たから》さがしの方を担当《たんとう》してもらおう」

「えっ⁉」

私《わたし》は驚《おどろ》いて父さんを見た。

「宝さがし担当って？　あたしが、一人で、宝物をさがすっていうこと？」

「いや、いや。一人でさがせなんて言ってないよ。おとなりの丸山啓《けい》……、いやケイ君に協力してもらえばいいだろう？」

「えええっ!!」

私《わたし》は絶叫《ぜっきょう》した。

「いや！　絶対《ぜったい》、やだ！　あんなやつに協力してもらおうなんて、とんでもない。あいつはね、この幽霊屋敷《ゆうれいやしき》に興味津々《きょうみしんしん》、野次馬根性《やじうまこんじょう》丸出しなんだから！」

「季子《ときこ》！」

母さんがきびしい目で私をにらんだが、私は平気だった。だって、それは、本当のことなんだから。

「まぁ、まぁ、まぁ……」と父さんが、なだめるような目で私を見た。

「おまえの言い分もわかるが、考えてごらん。一問目の答えを教えてくれたのはだれだ？」

私は燃《も》えたぎる怒《いか》りをのみこんで、しぶしぶ答えた。

「……そりゃ、丸山啓《まるやまけい》だけど」

「生きてたころのポオおばさんを知ってて、この家に出入りしてた人間と、話をしたことがあるのはだれだ？」

「……そりゃ、丸山啓だけど、……でも……」

私の次の言葉より早く、父さんは、明るい大きな声でしゃべり出した。

「そうだろ？　だから、二問目の答えだって、ケイ君なら、知ってるかもしれない。〝鳥の目のまん中にはえたクヌギの木〟の謎《なぞ》も、ケイ君なら解《と》けるかもしれないじゃないか」

もう、私《わたし》に言い返せる言葉はなかった。父さんが、満足気に、にっこりと笑う。

「わかったね？　あした、さっそく、おとなりへ行って、ケイ君と相談して、ぜひ、二人で宝物《たからもの》をみつけてくれ。……以上」

私は、とってもゆううつだった。なんだって私が、丸山啓《まるやまけい》と組んで宝さがしをしなくっちゃならないのだろう。あんな調子ノリの、野次馬小僧《やじうまこぞう》と、ペアを組むなんて最低だ。

『幽霊《ゆうれい》のバカ。ポオおばさんのいじわる！』と、心の中で叫《さけ》んでから、ふと気がついた。

私たちが話し合いをつづけている間中、幽霊はとってもお行儀《ぎょうぎ》がよかった。

『つまり、これでOKってこと？』

私は、静まりかえった屋敷《やしき》の中をこっそり見回して考えた。父さんたちが、ポオおばさんの行方《ゆくえ》知れずの親せきをさがそうとしていること。私が丸山啓と組んで宝さがしをしようとしていること、それを、幽霊は喜んでいるんだろうか？

〝なんだか、私たちに答えをみつけてほしがってるみたい……〟

また、この前の時と同じ考えが頭の中をよぎった。

「……ポオおばさん……」

小さな声でつぶやいてみた。幽霊《ゆうれい》が、みつけてくれとたのんだ、大切な名前。この名前のことを、ポオおばさんは〝忘《わす》れられた大切な名前〟だと言っていた。忘れられた名前の次は、いったいどんな宝物《たからもの》をさがしてほしいっていうんだろうか？　かすかにうずいている左手の親指を右手でギュッとにぎりしめ、私《わたし》は幽霊の言った二問目の謎《なぞ》のことを考えていた。

第四章　オールド・タイム

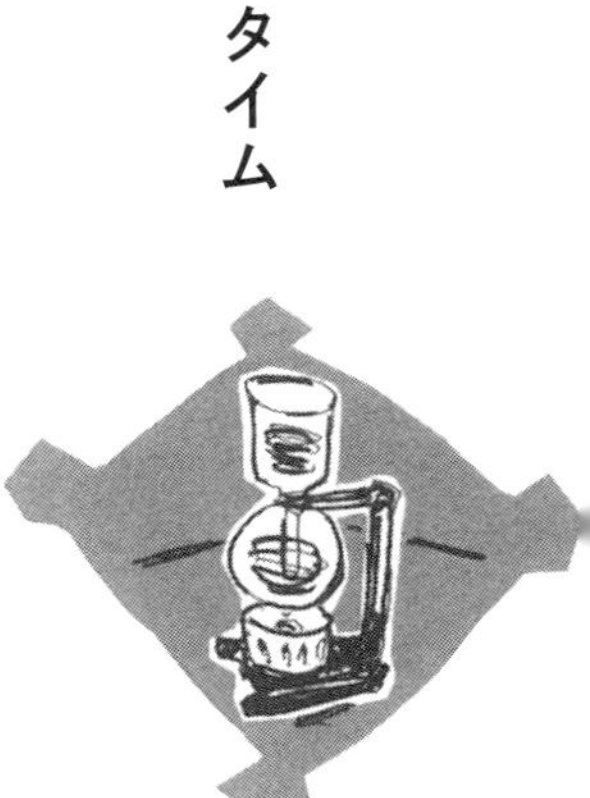

翌日《よくじつ》、父さんは「必ず不動産屋に電話してみる」と約束して、会社に出かけていった。玄関《げんかん》まで見送りに出た私《わたし》にウインクして「宝《たから》さがしの方はたのんだぞ」と言うのも忘《わす》れなかった。ほんとに父さんていうのは、女の子の気持ちがちっともわからないのだ。この前逢《あ》ったばかりの男の子の家に行って、いきなり〝一緒《いっしょ》に宝さがししよう〟なんて、言えるわけがないじゃない！

途方《とほう》にくれた私は、居間《いま》のソファにゴロリと寝《ね》そべり、マンガの本を読み読み時間をつぶした。

「キコちゃん。きょうは、どっか外にお昼、食べにいこうか」

お昼近くになって、母さんがそう言ったので、私はマンガの本を投げ出して、とび起きた。

「うん！　行こ、行こ。どこか、おいしいお店あるかなあ？」

幽霊屋敷《ゆうれいやしき》をしばらくでも離《はな》れられるのは大歓迎《だいかんげい》だった。この際《さい》、イタメシでも、中華《ちゅうか》でも、ファミレスでももんくは言わない。はりきる私《わたし》を見て、母さんがクスリと笑う。

「実はねぇ、五分ほど行った所にしゃれた喫茶店《きっさてん》があるのをみつけといたのよ。郵便局《ゆうびんきょく》のすぐ近く。お昼のメニューもあったから、きっとカレーかスパゲティぐらいなら食べられるわよ」

喫茶店のカレーかぁ……。ちょっと、がっかり。でも、幽霊屋敷で、きのうの残り物定食を食べるよりは、いいに決まってる。

私と母さんは、お店が混《こ》み出す前をねらって十一時半に家を出た。

その喫茶店は、本当に、すぐ近くだった。住宅地《じゅうたくち》の中に一軒《けん》だけ、こんなお店があるなんて、ちょっと不思議な感じだ。どうやら、もともとは普通《ふつう》の家だった建て物を改築《かいちく》して喫茶店を始めたらしい。古い土壁《つちかべ》の表面には緑色のツタが生い茂《しげ》って、なかなかいい感じだ。ガラスの玄関扉《げんかんとびら》のわきには、大きな古めかしい柱時計と〝オールド・タイム〟と書かれた木の看板《かんばん》がぶら下がっている。

その看板の下には、イーゼルにのっけた黒板が置いてあって、白いチョークで〝本日の

ランチメニュー〟が記されていた。

〝Aランチ｛トマトとベーコンのパスタ・季節のサラダ
　　　　　パン・コーヒー付き

　Bランチ｛シーフードドリア・トマトとバジルのサラダ
　　　　　コーヒー・デザート付〟

「なぁんだ。カレーとスパゲティだけじゃないじゃない」

私《わたし》はうれしくなって、さっそく、Bランチを食べることに決めた。

「じゃ、私は、Aランチにしようかな……」と、母さん。

ガラス扉《とびら》を押《お》して店の中に入ると、他にお客の姿《すがた》はなかった。四人がけのテーブル席が三つとカウンターだけの小さな店だ。店の奥《おく》のフランス窓《まど》の向こうには、ひさし付きのパティオが見えて、そこにも二人がけのテーブル席が二組用意されていた。

「いらっしゃい」

カウンターの中から頭にバンダナを巻《ま》いたおばさんが声をかける。

「こんにちは」

にこやかに答えた母さんが、スッとカウンターの椅子《いす》に腰《こし》を下ろしたので私はちょっと

面くらった。どうして、いっぱい席があいてるのにカウンターなんかにすわるんだろう？

仕方がないので私《わたし》も、母さんのとなりのスツールにすわる。

「AランチとBランチ、一つずつお願いします」

母さんは、さっさと注文をすませて、おばさんの出してくれたおしぼりで手をふいている。

「Aランチ一つ、Bランチ一つね」

バンダナおばさんが店の奥《おく》に声をかける。

「おじょうさんもコーヒー？　ジュースでもオーケーだけど……」

「あ……、それじゃ、ジュースにしてください」

私は少しドギマギしながら、お店のおばさんに答えた。

「あの……、ちょっとうかがいたいんですけど……」

母さんが突然《とつぜん》切り出した。私はますます、ドギマギして、チラリと母さんの顔を見る。

いったい、何を聞く気なんだろ？　父さんにたのまれた調査《ちょうさ》かもしれない。あのお屋敷《やしき》を不動産屋さんに売った親せきのこと……。その話を聞きたくてカウンターにすわったんだろうか？

バンダナおばさんが、ちょっと首をかしげるようにして、こっちを見る。

「このあたりに歯医者さん、ありますか？」

母さんは、意外なことをたずねた。

「ああ、歯医者さんねぇ。商店街のはずれに一軒《けん》、松居《まつい》歯科っていう歯医者さんがありますよ。それから、ちょっと遠いけど、駅前には、川野《かわの》歯科と、栗山《くりやま》歯科クリニックっていうのもあるわね……」

「そうですか……」

母さんが熱心にうなずく。

「ゆうべから、ちょっと歯がシクシクして……」

そんなこと、私《わたし》は初耳《はつみみ》だった。

「まだ引っ越《こ》してきたばかりなもんで、どこにお医者さんがあるのか、さっぱりわからなくって……」

「まあ、そりゃ大変ですよねぇ。新しい場所っていうのは、何かとわからないから」

気のよさそうなバンダナおばさんは、すっかり母さんに同情《どうじょう》しているようだ。

「お引っ越しっていうと、このお近くですか？」

「ええ……。すぐ近くです。歩いて五分ぐらい。商店街からまっすぐ北に上がった通りぞいの古い洋館なんですよ。ご存《ぞん》じありません？」

母さんのさりげない一言に、バンダナおばさんが一瞬《いっしゅん》、ハッと息をのむのがわかった。

そりゃあ、そうだろう。このご近所で、あの幽霊屋敷《ゆうれいやしき》を知らない人なんていないに決まってる。まして、喫茶店《きっさてん》をやってれば、いろんな情報《じょうほう》も集まるにちがいない。

「ああ……。あのお屋敷ですか……」

気を取り直したようにうなずいたおばさんの瞳《ひとみ》の奥《おく》には、かくしきれない好奇心《こうきしん》がきらめいていた。母さんは平気な顔をして、カウンターに出されたお冷やを一口のんだ。

「引っ越《こ》したはいいんだけど、しばらく空き家だったとかで、庭は草ボウボウなんですよ。ちょうど春先で雑草《ざっそう》がのびるでしょ？　もう、毎日、草ぬきが大変で……」

「はぁ……、そうでしょうねぇ」

バンダナおばさんは身をのり出すようにして、母さんの話に聞き入っている。母さんは、にこやかに話しつづけた。

「広いお庭っていうのは、手入れが大変ですよね。きっと、前に住んでらした方も、大変だったと思うわ……。植木屋さんにでもたのんでらしたのかしら？　私《わたし》たちの前に住んで

らした方のこと、ご存《ぞん》じですか？　だいぶ、長い間、住んでらしたんでしょうねぇ」

バンダナおばさんは、ちょっとギクリとした顔になった。

「……いえ、あんまり、よくは知らないんですよ。そう長くは住んでらっしゃらなかったみた……」

「あら、そうなんですか？」

すかさず母さんがたずねる。

「なん年ぐらい住んでらしたのかしら？」

「……いえ、そうねぇ……、一日か二日ほどかしら……」

「え？」

母さんがギョッとしたように声をあげたので、バンダナおばさんは、たちまち〝しまった〟という顔になる。

「いえ、よくは知らないんですよ。でも、引っ越《こ》して来たと思ったら、すぐまた、引っ越しちゃって……」

母さんが、かすかにカウンターに身を乗り出した。

「……ひょっとして、あのお家、何か、よくない評判《ひょうばん》でもあるのかしら？　実は、私《わたし》た

ちも、ちょっと気になってることがあって……。知ってらっしゃるんなら、教えてくださいませんか？」

カウンターの向こうで、おばさんが、ゴクリと息をのむのがわかった。私《わたし》も息を詰《つ》めて、母さんとおばさんのやり取りを見守る。

「気になることって？」

おばさんが、おそるおそるたずねた。その時店の奥《おく》からだれかがニュッと顔をつき出したので私は、スツールから飛び上がりそうになった。おばさんとおそろいのバンダナを巻《ま》いた、ゴマ塩ヒゲのおじさんが、ニコリともせずに、ドリアとパスタののっかったお盆《ぼん》をさし出していた。

「ランチ、あがったよ」

もそりとつぶやいて、お盆をおばさんに手わたすと、おじさんはまた、店の奥へひっこんでいった。カウンターの上に、AランチとBランチののったお盆がそれぞれならべられたので、私と母さんは、しばし、昼ごはんに集中した。

「おいしい！」

私は、ホワイトソースの中のでっかい貝柱をほおばりながら、思わずつぶやいていた。

「ほんと。パスタも、コシがあって、いいお味。ご主人がお料理なさるんですか？」

母さんがたずねると、バンダナおばさんの顔がうれしそうにほころぶ。

「そうなんです。うちのひと、もとはレストランのコックをやってたんだけど、十年ほど前腰《こし》を痛《いた》めちゃって、それで、勤《つと》めてたお店をやめましてね。その時、思いきって、自宅《じたく》を改造《かいぞう》して、喫茶店《きっさてん》を始めたんですよ。だけど、あのとおり無愛想《ぶあいそ》な人でしょ。お客様のお相手は、もっぱら私《わたし》の仕事なの」

「家の近くに、こんなお店があってよかったわぁ。住宅地《じゅうたくち》の中で、ちゃんとしたお食事のできるお店って、少ないですよねぇ」

母さんが感心したように言うもので、バンダナおばさんは、いよいよ上機嫌《じょうきげん》だった。母さんていうのは、本当に話をするのがうまい。だれとでも、すぐ、友だちになってしまう達人なのだ。

バンダナおばさんが、打ちとけてきたところで、母さんはもう一度、肝心《かんじん》の話を持ち出した。

「実はねぇ。引っ越《こ》してきて早そう、ご近所の方から妙《みょう》なうわさを聞かされて、困《こま》ってるんです」

「妙《みょう》な……うわさ?」

コーヒーサイフォンをかきまぜていたおばさんの手が止まる。母さんは、サラダを、フォークの先ですくい上げながら深刻《しんこく》な顔でうなずいた。

「ええ……。あのお屋敷《やしき》には幽霊《ゆうれい》が出るって……」

私《わたし》は、おばさんがなんと答えるか、じっと見守った。

「……ま、まさかぁ……」

たよりなげに、おばさんが笑う。

「私も、そんなばかばかしいことって思うんですけど……。ただ……。ねぇ……」

「……で、出たんですか? 幽霊?」

母さんは静かに、しかし、きっぱりと、首を横にふった。

「いいえ……。まさか……。ただ、火のない所に煙《けむり》はたたないって言いますでしょ? それに、さっきの話だと、私たちの前に越《こ》して来た方は、すぐあの家を出てっちゃったとか……。そうなると、やっぱり気になりますよね、何かあるんじゃないかって……。あのお屋敷には、重大な秘密《ひみつ》が……」

「たとえば、どんな?」

おばさんは、すっかり母さんの話に引きこまれている。

「たとえば……。そう……たとえば……」

母さんが言葉に詰《つ》まって考えこんでいるので、私は横から助け舟《ぶね》を出すことにした。

「たとえば、殺人事件《じけん》があって、殺された人の幽霊《ゆうれい》がさまよってるとか……。それとも、だれかあの家で自殺して、まだ、うらみが残ってるとか……」

母さんが、びっくりして私を見る。私は少しょう言いすぎたかな……と反省した。

「まさかぁ！」

今度は心底あきれたように、バンダナおばさんが笑った。

「そんなこと、ありませんよ。殺人事件なんて、とんでもない。あのお屋敷《やしき》は、もともと安保《あんぽ》さんていうお金持ちの奥《おく》さまのお宅《たく》だったんですよ。その安保さんは三年ほど前に亡《な》くなってますけどね、でも、普通《ふつう》の病気でしたよ。確《たし》か、だいぶ前から心臓《しんぞう》がお悪くって、最後は、病院に入って、ひと月ほどでポックリ。おじょうちゃん、ちょっと、ミステリーの読みすぎじゃない？　殺人だの自殺だのって、そんなこと、あるはずないじゃないの」

私は、肩《かた》をすくめて、バンダナおばさんに笑いかけるとだまってドリアをほおばった。

「でも……、それじゃあ、どうして、そんなうわさがたつのかしら。あの家に幽霊が出る

って、聞かれたことありません?」

母さんが質問《しつもん》すると、おばさんは、しばらく考えこむように首をかしげていた。

「まぁ、ねぇ。いろいろ、勝手なことを言う人がいますから。奥《おく》さんたちの前に越《こ》して来た方たちが、たまたま、どんな事情《じじょう》か、すぐにあの家を出て行ってしまったりしたもんだから、それで、お屋敷《やしき》に何かよくないことがあるんじゃないかって想像《そうぞう》したんじゃないですか」

その事情なら、私《わたし》には、ようくわかっている。みんな、幽霊《ゆうれい》のポオおばさんの試験にパスできなかったのだ。それとも、幽霊を見てすぐに逃《に》げ出してしまったのかもしれない。

「あの……」

もう一度、母さんが質問《しつもん》した。

「お屋敷の持ち主の方が亡《な》くなった後、今まであの家に住んだ方はいらっしゃらないんですか? つまり、一日とか、二日とかっていう意味じゃなくて。ちゃんと、ある程度《ていど》の期間、どなたか、住んでらっしゃらなかったんでしょうか? たとえば、その亡くなった安《あん》保《ぽ》さんのご親せきとか……」

「安保の奥さまには、ご家族がなかったんですよ。ずっと独身《どくしん》で、お子さんもいらっしゃ

らなかったですからね。お父さまから引き継《つ》いだインテリアの会社を経営《けいえい》なさってましてね、お屋敷《やしき》にはいつも身の回りのお世話をするお手伝いの女の方と、会社関係の方が出入りなさってましたけど、ご家族は全然。だから亡《な》くなった後も、すぐ、お屋敷が売りに出されたんでしょうね」

「ご親せきもいらっしゃらなかったんですか？」

母さんがつっこむ。バンダナのおばさんは、なんだかおこったような顔になって、カウンターの上に、湯気の立つコーヒーカップをそっと押《お》し出した。

「甥《おい》ごさんが一人いましたけどね。ひどい人ですよ。安保《あんぼ》さんの妹さんの息子《むすこ》さんで、安保さんは、とってもかわいがってらしたのに、結局、お葬式《そうしき》にも顔を出さなかったんですからね」

「まあ！　ひどい話ねえ」

母さんが熱心に相づちをうつ。

「でも、まあ、親せきなんて、遠く離《はな》れてると、案外、疎遠《そえん》になるものだけど……」

「いいえぇ！」

バンダナおばさんが、ふんがいしたように母さんの言葉をさえぎった。

「遠くじゃないの。すぐ近くに住んでたんですよ。だから、ひどい人だって言うんです」

おばさんの言葉に、母さんの目がかすかに輝《かがや》いた。

「すぐ近く？　まさか、このご近所に？」

「となり町ですよ。商店街の向こう側の江《え》ノ木《き》町。歩いたって三十分とかからない所なんですよ。それなのに、安保《あんぽ》さんが入院してた時も、亡《な》くなった時も知らん顔！　信じられます？」

「まあ、いやだ！　本当に？　そんな近くにいて、お葬式《そうしき》にも参列しないなんてねぇ。普《ふ》通《つう》じゃ考えられないわ。よっぽど、仲が悪かったのかしら……」

母さんの言葉に応《こた》えて、バンダナおばさんが何か言おうとした時、店のドアを開けて、サラリーマン風のおじさんたちのグループが入ってきた。

「いらっしゃい！」

あわてて、おばさんが声をかける。結局、それ以上、おばさんと話をするチャンスのないまま、私《わたし》と母さんは、喫茶《きっさ》〝オールド・タイム〟をあとにした。

「調査《ちょうさ》は大成功だね」

帰り道、私は母さんに言った。

「ポオおばさんの親せきが、すぐとなり町にいるなんて、びっくりしちゃった。これなら、案外簡単《かんたん》に連絡《れんらく》、つけられるかもしれないよね」

「そうでもないわ」

母さんは、うかない顔で答えた。

「どういう事情《じじょう》かは知らないけど、その江田《えだ》さんていうご親せきは、すぐそばに住んでるのに、お葬式《そうしき》にも出なかったっていうのよ。つまり、ポオおばさんの幽霊《ゆうれい》の一件《けん》でも、どうたよりにはできないっていうことでしょ？　うちとは関係ないって言われちゃえば、どうしようもないわ」

「ああ……。そうかあ……」

私《わたし》は、がっかりしてうなずいた。母さんは読みが深い。親せきがみつかればいいっていうもんじゃないのだ。私たちがさがしているのは、ポオおばさんの幽霊をなだめてくれるだれかなのだから……。

「いったい、何があったのかしら……」

ぽつりと母さんがつぶやいた。

「え？」

「その江田《えだ》さんていう人と、ポオおばさんのことよ。だって、昔は、江田さんの子どもさんが時どき、ポオおばさんの所に遊びに来るぐらい仲がよかったわけでしょ？　きっと、二人の間に、何かあったのね」

確《たし》かに、それは、ポオおばさんをめぐる、もう一つの謎《なぞ》のような気がする。江田さんとポオおばさんに、何が起こったのか……。トムくんはどうして、ある日突然《とつぜん》、ポオおばさんの所へやって来なくなったのか……。

ゆるやかな春風の中、私《わたし》と母さんは、だまってそれぞれに思いをめぐらせていた。

第五章　緑の目の鳥

私《わたし》と母さんが喫茶店《きっさてん》で聞きこみをした日の夜、父さんはプンプンおこりながら家へ帰ってきた。不動産屋さんが、江田理《えだおさむ》の連絡先《れんらくさき》を教えてくれなかったのだ。

「もとの家の持ち主の連絡先なんて教えられないの一点張りだ。そういうことは、個人《こじん》のプライバシーに関する問題で、勝手に教えるわけにはいかないんだとさ。こっちは、日夜、わけのわからん幽霊《ゆうれい》に、プライバシーを侵害《しんがい》されてるっていうのに。まったく、けしからん」

幽霊の悪口を言い始めた父さんに、ハラハラして、私と母さんは大急ぎで食卓《しょくたく》の上に父さんの分の夕ご飯をならべることにした。

父さんが、タケノコの木の芽あえを食べながらビールを飲む間に、母さんが、その日、喫茶〝オールド・タイム〟で仕入れた情報《じょうほう》をかいつまんで説明する。

どこかで、幽霊《ゆうれい》のポオおばさんも、今、この話を聞いているだろうか。私《わたし》は、テーブルやカーテンがまた騒《さわ》ぎださないことを祈《いの》りつつだまって、母さんの話に耳をかたむけていた。

「……結局、その親せきの方にしても、私たちの力になってくれそうにないと思うの」

母さんがそう言って話をしめくくると、父さんは、ビールを一気《いっき》に飲《の》み干《ほ》し深いため息をついた。

「……そうなると、やっぱり、宝《たから》さがしをやってみるしかないか……。季子《ときこ》の方は、どうだったんだ？　おとなりの、ナントカ君に相談してみたのか？」

いきなり質問《しつもん》されて、私はあせった。

「えっとぉ……。ううん、ケイ君の所には行ってない……」

「どうして？」

父さんがジロリと私を見る。

「そりゃ、あなた、無理ですよ」

母さんが横から助け舟《ぶね》を出してくれた。

「まだ、知りあったばかりのお友だちに宝さがしを手伝ってくれなんてたのめないでし

よ？　だいたい、ちょっと、ポオおばさんのことを知ってるっていっても、うちの幽霊《ゆうれい》さわぎと、おとなりは、全然関係ないんですから。そんなことお願いできたすじ合いじゃありませんよ」

「じゃあ、いったい、どうすればいいんだ？　宝物《たからもの》がみつからなかったら、ぼくたちは、あの幽霊に、この家から追い出されるんだぞ」

「だからって、親せきやおとなりをあてにするわけにはいかないでしょ？　幽霊に問題を出されたのは私《わたし》たちなんですよ」

いつもはおとなしい母さんが、今夜ばかりは、ピシャリと父さんにやり返す。ダイニングの中に、なんとなく気まずい空気が流れ、私は、こっそりため息をついた。

「とにかく、私もがんばってみる。ケイ君にたのめるかどうかはわかんないけど、もう一度あした、あのヒントのことを考えてみるから。〝鳥の目のまん中にはえたクヌギの木の穴《あな》〟って言ってたでしょ？　なんのことか、わかんないけど、きっと、どこかに謎《なぞ》を解《と》く手がかりがあるはずよ」

私は、そう言うと、父さんと母さんをダイニングに残したまま、一人、二階に上がった。

「キコちゃん、どうするの？　今晩《こんばん》も、一緒《いっしょ》に寝《ね》るんでしょ？」

下から母さんが叫《さけ》んでいる。

「いいの。自分の部屋で寝《ね》るから、大丈夫《だいじょうぶ》」

やせがまんして、どなり返す。でも、正直なところ、私《わたし》は前ほど、ポオおばさんの幽霊《ゆうれい》がこわくなくなっていた。そりゃあ、あの、スケスケの姿《すがた》を見るのは、いい気分じゃなかったけど、ポオおばさんの幽霊が、私に何かひどいことをするとは思えなかったのだ。なれって、スゴイなあと思う。

自分の部屋のじゅうたんの上に、フトンをしいて寝転《ねころ》ぶと、私はまた、宝物《たからもの》のありかについて考え始めた。ポオおばさんが〝みつけてほしい〟と言うからには、その宝物はきっと、私たちの近くにあるのだ。アマゾンの奥地《おくち》とか、エベレストのてっぺんなんかにかくしてあるはずがない。どこか、この屋敷《やしき》の中……。それとも、家のすぐ近所。

「確《たし》か、この家の庭にもなん本かクヌギの木がはえてたはずだわ」

私はふとんの中でつぶやいた。

「あしたはまず、そのクヌギの木をさがしてみよう」

そう思うと、少しだけ気分がウキウキしてくる。宝さがしなんてなん年ぶりだろう。小さいころには友だちと宝物のビー玉をかくしっこして遊んだものだった。そんな遊び、も

う、ずっと忘《わす》れていたのに、今ごろ、幽霊《ゆうれい》の宝物《たからもの》をさがすことになるなんて……。

その晩《ばん》私《わたし》は夢《ゆめ》を見た。私の部屋の西向きの窓辺《まどべ》に、一羽《わ》の鳥が飛んでくる。何気なく、その鳥の目を見た私は、丸い黒ぐろとした瞳《ひとみ》の中心から緑色の小さな木の芽が吹《ふ》き出しているのに気づく。「あっ！」と叫《さけ》んで、鳥の方に手を伸《の》ばしたとたん、突然《とつぜん》、木の芽がグングンと伸び始めた。いつしか鳥の姿《すがた》も、窓も、部屋も消えて、私は見上げるようなクヌギの木の下に立っている。太ぶとしたクヌギの木の幹《みき》には、黒い大きな穴《あな》が一つ、ポッカリと口を開けていた。

「なあんだ。宝物のかくし場所は、ここだったんだ……」

そうつぶやいた所で目がさめた。一瞬《いっしゅん》、私は自分がどこにいるのかわからなかった。ボンヤリしていた頭がハッキリしてくると、やっと、そこが、新しい家の自分の部屋だというこことに気づいて、がっかりしてしまった。もうちょっとで、宝物をみつけられそうだったのに……。あの夢の中の、クヌギの木の穴の中には、いったい何がかくしてあったんだろう。

外はきょうも、すばらしいお天気だ。窓ごしに見える庭の木のこずえが、朝の太陽の光をうけて輝《かがや》いている。まるで、私に〝オイデ、オイデ〟をしているみたい……。

「ようし、宝《たから》さがしするぞぉ！」

私《わたし》は、はりきってかけ声をかけると、ふとんの中から飛び起きた。

その日、一日中、私は片手《かたて》にスコップを持ち、庭で宝さがしに没頭《ぼっとう》した。

庭の中だけでも、クヌギの木は結構《けっこう》たくさんあった。その一本一本の幹《みき》に、穴があいていないか確《たし》かめ、ついでに木の根元の地面をスコップで掘《ほ》ってみる。ポオおばさんは〝クヌギの木の穴《あな》〟と言っていた。ひょっとすると、クヌギの木の根元の穴っていうことも、ありうる。幹の上の方に、小さな穴があいているのがみつかると、私は、家の中から脚立《きゃたつ》を持ち出して、わざわざ、その穴の中をのぞいてみたりした。思っていたより、大仕事だ。

昼ごはんをはさんで、午後からも、宝さがし続行。

だけど……。宝物はみつからない。夕方になって、太陽の勢《いきお》いがおとろえ始めると、さすがに私も、うんざりしてしまった。木の枝《えだ》にひっかけてできた傷《きず》が、ヒリヒリする。いつの間にか、ブラウスは汗《あせ》と泥《どろ》でグッショリ。サイテーの気分だ。

「もお！　宝さがしなんて、大きらい！」

そう叫《さけ》んで、玄関《げんかん》のそばにはえていたクヌギの木の幹をけっとばした時、門の外で声が聞こえた。

「榎本《えのもと》さーん！　回覧板《かいらんばん》ですよー！」

うわっ！　こんな時に、丸山啓《まるやまけい》、出現《しゅつげん》！　手に持った回覧板をヒラヒラ振《ふ》りながら、こっちを見ている。私《わたし》は、これ以上できないぐらい険悪《けんあく》な目つきで、ジロリと丸山啓をにらみつけた。

「なんの用？」

「……だから、回覧板持って来たんだよ。そっちこそ、何やってんの？　今、木をけっとばしてなかった？」

やっぱり、しっかり見られていた。私は、頭に来て、ズンズン門まで歩いていくと、ケイの手から回覧板をひったくった。

「ありがとう。じゃあね。バイバイ！」

ケイが私を見て、ニコリと笑った。

「ねえ。もう一つ聞いてもいい？　宝《たから》さがしってなんのこと？」

私は一瞬《いっしゅん》、言葉に詰《つ》まって、まじまじとケイの顔を見た。ケイが、回覧板を口実に、うちの様子をのぞきに来たのは、みえみえだった。となりの幽霊屋敷《ゆうれいやしき》に新しい住人が越《こ》して来て、いったい何が起こっているのか興味津々《きょうみしんしん》なのだ。このまま無視《むし》して、家の中へ

入ってしまおうかな……と思った。

でも……。ひょっとして、ケイなら、ポオおばさんのくれたヒントの意味がわかるかもしれない。そう思うと、私《わたし》には結局、このズウズウしい丸山啓《まるやまけい》を無視することができなかったのだ。

大きな、深い、ため息を一つ。心を決めると私は、ケイにたずねた。

「ねぇ、ひょっとして〝鳥の目のまん中にはえたクヌギの木〟って、なんのことだか、わかる?」

ケイは用心深い目で私のことを見た。かすかに首をかしげたきり〝わかる〟とも〝わからない〟とも答えない。

「それ、何かの暗号なの? 宝《たから》さがしと何か関係あるんだね?」

「ポオおばさんの幽霊《ゆうれい》が出した二問目の謎《なぞ》のヒントよ」と言ってから私は〝シマッタ!〟と思った。

「ポオおばさんの幽霊が出した謎? 二問目の? それ、どういうこと?」

こうなったら、仕方がない。私は、幽霊との間にとりかわした謎ときの約束について、イチからジュウまでケイに説明させられるハメになってしまった。

引っ越《こ》してきた日の夕方、突然現《とつぜんあらわ》れた、お屋敷《やしき》の幽霊《ゆうれい》。その幽霊が、私《わたし》たちに、この家に住みたかったら、幽霊から出題される三つの謎《なぞ》を解《と》くように命じたこと。もし一問でも、まちがったら、その時には、この家から出ていかなくてはならないのだということ……。

「……それで、一問目はなんとかパスできたんだけど、二問目の問題っていうのが宝《たから》さがしだったわけよ。〝鳥の目のまん中にはえたクヌギの木の穴《あな》の中に宝物があるから、みつけてこい〟って言われたわけ……。どう？　あなた、ポオおばさんちにもなん回か遊びに来たことがあったわけでしょ？　その時、そんな話聞いたことない？　どっかに宝物がかくしてあるとか……」

「ナルホド！　わかったぞ！」

ケイが叫《さけ》んだので、私はびっくりした。

「え？　ほんと？　わかったって、宝のありかがわかったわけ？」

あわててたずねる私を、キョトンとしてケイが見た。

「ああ……？　ちがうよ。どうして、引っ越して来た人が、みんな三日もたたずに、この家から出てっちゃったのかがわかった……って言ったんだ。ナルホドね。みんな幽霊の出

した謎《なぞ》が解《と》けなかったわけだ……」

ケイは、ガッカリしている私《わたし》のことなどおかまいなしで、しきりに一人でうなずいている。

「うん。でも、大したもんだよ。君たち、一問目の謎は解いたんだろ？　一問目の問題ってなんだったの？　すごく、むずかしかった？」

ああ……、また、聞いてほしくないことを聞く……。私は、しぶしぶ、ケイの質問《しつもん》に答えた。

「幽霊《ゆうれい》の名前をあてるのが問題だったのよ。全部で六文字、最後が〝ん〟。答えは〝ポオおばさん〟」

ケイは、一瞬《いっしゅん》ポカンと口を開けた。

「なんだ。めちゃくちゃ簡単《かんたん》……でもないか。ポオおばさんなんていう名前で、あのおばさんのことを呼《よ》んでたのは、トム君とぼくぐらいだもんな……。あれっ？……てことは、ひょっとして、その答えは、こないだぼくが言ったから？」

「そうよ。あなたがこの家のことを〝ポオおばさんの幽霊屋敷《やしき》〟って言ってたから、ピンときたのよ」

私《わたし》は、ため息混《ま》じりにそう答えた。

「やったぜ！」

何が〝やった〟なのかわからないが、うれしそうにケイは、ガッツポーズをきめる。

「オーケイ！　オーケイ！　この調子で、二問目にも協力するからさ。それで？　なんだっけ、カラスの目にはえたクヌギの木だった？」

「カラスじゃないわよ。鳥の目」

「うーん。これは難問《なんもん》だな。きっとさ、一問目をパスされたもんで、あせって、むずかしい問題を出すことにしたんだな。だって、ポオおばさんとしては、君たちに出ていってほしいわけだろ？」

私は、ちょっと、ためらった。

「そうじゃない……と思う……」

「どうして？　だって、今までに、なん人もこの家から追い出されてるんだぜ。ポオおばさんとしては、自分の家に、よそ者が住むのががまんできないんだよ。だから、無理難題《むりなんだい》をふっかけて、みんな、追い出しちゃう気なんだ」

「ちょっと、外に出ない？」

私《わたし》は回覧板《かいらんばん》を持ったまま、門を開け、ケイに言った。この屋敷《やしき》の中で、これ以上話をしていると、何もかもポオおばさんに聞かれてしまう気がする。

ケイは、突然《とつぜん》の私の提案《ていあん》にちょっと面くらったようだったが、それでも私が屋敷の前の通りに出ると、だまって後ろをついてきた。

家の前から十メートルほど南に下った所に、小さな四つ角がある。町内地図の掲示板《けいじばん》の立った交差点だ。私は、その掲示板前で立ち止まると、ケイと向き合った。

「あのね、ポオおばさんは、別に私たちを追い出したがってるんじゃないと思うんだ。だって、一問目の答えを言った時、うれしそうだったんだもん」

「え？　うれしそう？　それ、どういうこと？」

「だから、私が〝あなたの名前は、ポオおばさんでしょ？〟って言ったら、〝よく、みつけてくれたわね〟って言ったのよ。その名前は、忘《わす》れられた、大切な名前なんだって……」

「忘れられた……、大切な名前……」

ケイが、つぶやいたので、私は、うなずいた。

「そうよ。そう言ったの。それに、私、ポオおばさんの幽霊《ゆうれい》と逢《あ》うと、時どき、頭の中に

ポオおばさんの声が聞こえてくる気がすることがあるんだ。一問目の問題を出された時もそうだったし、二問目の問題を聞いた時も……。父さんや母さんには聞こえないんだけど、私《わたし》にだけ、おばさんの声が聞こえるの。〝あなたなら大丈夫《だいじょうぶ》。あなたなら、きっと答えをみつけてくれるわね〟って……」

「つまり……。テレパシーってこと?」

「うーん、よく、わかんない。もしかしたら、気のせいなのかも……。でもね、一つだけ確《たし》かなのは、ポオおばさんは、私たちに、三つの謎《なぞ》の答えをみつけてほしがってるのよ。それは、はっきり、感じるんだ。ただ、いやがらせをして、追い出すために出て来てるんじゃないって……。だって、そうでしょ? 追い出す気なら、三つの謎なんて、そんな、めんどうなことしなくたって、家中の家具をガタピシゆらしたり、夜中にニュッと顔を出したり、私たちをふるえあがらせれば、いいのよ。そうすれば、今ごろ、私たちも出ていってるわ、ちがう?」

「……確かに、それは、言えてる」

ケイも、やっと納得《なっとく》したらしい。腕《うで》を組んで考えこみながら、ケイが、道ばたの小石をけとばした。

「……もし、そうだとすると……、宝物《たからもの》は、どこか、すぐ近くにあるはずだよな。さがせば、みつけられる場所……。君たちの手の届《とど》く所に……」

わずかに傾斜《けいしゃ》した道の上に転がった小石が掲示板《けいじばん》の柱にぶつかって、止まる。

「……そうなのよ……」

私《わたし》は、うなずきながら町内の案内図が描《えが》かれた掲示板を見上げた。

「必ず、どっか、この近くにあるはずよね、〝鳥の目のまん中にはえたクヌギの木〟が……」

そう言いながら、この町内の家や通りを記した地図をみつめたその時だった。私の心臓《しんぞう》がドキンとはね上がった。目の前に、一瞬《いっしゅん》、火花が散った気がした。

「……鳥！」

私は、思わず叫《さけ》んでいた。

「鳥だわ！　緑の目の鳥！」

「へ？」

ケイが、驚《おどろ》いたように私を見る。私は、もどかしくなって、掲示板を必死に指さした。

「ほら見てよ！　見えないの？　そこに、緑の目の鳥がいるじゃないの！」

「え？　どこ？　どこに？」

ケイもあわてて、掲示板《けいじばん》に目を向ける。

それは、道ばたに立つ、ありふれた掲示板だった。掲示板には、町内の地図が描《えが》かれている。

「ああっ！」

ケイが叫《さけ》んだ。ケイにも、やっと見えたのだ。掲示板に描かれた、鳥の姿《すがた》が。

境界線《きょうかいせん》にふち取られた町の地図……その形は、鳥にそっくりだった。

西を向いた鳥の頭の中央には緑色の丸い目がついている。私《わたし》とケイは、頭をくっつけ合うようにして、その緑色の目玉をのぞきこんだ。はげかけた小さな文字が、目玉の上にならんでいる。――ドングリ西公園――。

鳥の目玉が私たちに教えてくれたのは、この町の西のはずれにある公園の場所だったのだ。

第六章　クヌギの穴《あな》の宝物《たからもの》

とうとう、二問目の謎《なぞ》の答えに、一歩近づいた！　あとは〝鳥の目のまん中〟……つまり、〝ドングリ西公園〟のまん中にはえたクヌギの木をさがせばいいわけだ。

「行こ！　早く、宝物をみつけなくっちゃ！」

はりきる私《わたし》に、ケイが言った。

「今から行くのは、まずいと思うな」

「なんで？」

ムッとして聞き返す。

「あの公園、この時間は、まだ結構《けっこう》、近所のチビすけが遊んでるからさ。ぼくたちが宝さがしなんか始めたら、何ごとかと思って集まってくるぜ。それに、もし、その宝物っていうのが、アッと驚《おどろ》くような金銀財宝《ざいほう》だったりしたら、どうする？　たちまち、大評判《だいひょうばん》に

なるよ。やっぱり、もうちょっと、人目につかない時をねらって行く方がいいと思うな」

それも、そうだ……と私《わたし》はあきらめた。

―オーケー。わかった。でも人目につかない時って、いつ？　夜中に宝《たから》さがしに出かけるわけ？」

「あした、朝、早くっていうのは、どう？　そしたら、それまでに、ぼくもいろいろ準《じゅん》備《び》しとくからさ」

「準備って、何よ？」

私が聞き返すと、ケイはしかめっ面《つら》になった。

「何って、宝さがしに行くんなら、それなりの用意がいるだろ？　スコップにロープ、懐《かい》中《ちゅう》電《でん》灯《とう》に軍手。他にも、いろいろさ……」

私は、あきれた。

「ジャングルの奥《おく》に出かけるわけじゃないのよ。すぐ、そこの公園まで、宝さがしに行くだけなのに、ロープや懐中電灯なんて持ってって、どうするの？」

「これだから素人《しろうと》は困《こま》るよなぁ……」とケイがつぶやく。あんたは、いつ宝さがしのプロになったのよ……と私は聞きたかったが、だまっていることにした。

結局、私《わたし》たちは、翌朝《よくあさ》五時に、掲示板《けいじばん》の前で待ち合わせることを決め、その日は別れた。

玄関《げんかん》に入ると、母さんが台所から顔をのぞかせる。

「キコちゃん。どこ行ってたの？　さっき、表にだれか来てたんじゃない？」

そう言ってから、すぐ、母さんは私の手の中の回覧板《かいらんばん》に気がついた。

「あら……。回覧板？」

「うん。おとなりのケイ君が持って来てくれたの」

回覧板を受け取りながら、母さんがチラリと横目で私を見る。

「それで？　宝《たから》さがしのこと……。あの、ポオおばさんの言ってたヒントのこと、聞いてみた？」

私は、こっそり、うなずき返した。どうも、この家の中で話をする時は、ポオおばさんの幽霊《ゆうれい》が聞き耳をたてている気がして、つい、ヒソヒソ声になってしまうのだ。

「宝物、みつかりそうだよ。あした、ケイ君とさがしに行ってくる」

母さんが目を丸くして私をみつめる。

「どこ？　どこにあったの？　あの言葉の意味、わかったの？」

私は、母さんの耳元に顔を寄《よ》せ、すばやくささやいた。

「家のすぐそばの交差点にある、町内案内図の掲示板《けいじばん》、見てきて。そしたら、母さんにも〝鳥の目〟って、なんのことだかわかるから……」

私《わたし》の言葉を聞き終えると母さんは、あわてて表へ出て行った。そして、すぐに、息を切らして家の中へかけこんでくると、目を輝《かがや》かせて、私にうなずいたのだった。

「みつけたわ。緑の目の鳥！　あれのことだったのね。こんなに、すぐ近くにあったなんて……」

「しぃっ！」と私は、母さんに合図する。

「まだ、宝物《たからもの》がみつかったわけじゃないよ。あした朝五時にケイ君と待ち合わせしてるんだ。二人でさがして来るから、待っててね」

「朝五時って……、ずいぶん早いのね。まだ、暗いんじゃない？」

たちまち母さんは心配顔になる。

「大丈夫《だいじょうぶ》。大丈夫。だれもいない時じゃないと宝さがしなんて、やってらんないでしょ？　すぐ近くなんだから、心配いらないって」

その日父さんは、仕事が忙《いそが》しいのか、なかなか帰って来なかった。

「いいわよ。母さん、起きてるから、先に寝《ね》なさい。あした、早起きしなくちゃいけない

んでしょ？」

母さんに言われ、とうとう十一時少し前に私《わたし》はフトンに入った。今夜も、自分の部屋で眠《ねむ》るのだ。フトンの中に伸《の》ばした足の先が、ジンワリ暖《あたた》まってくるまでの間、私は、ポオおばさんの宝物《たからもの》っていったいなんなのか考えていた。大判《おおばん》・小判《こばん》がザクザク出てくる所なんかを想像《そうぞう》すると、ひとりでに、ニヤニヤ笑ってしまう。屋敷《やしき》の中は静かで、もの音一つ聞こえない。ポオおばさんとの約束の日は、もうあしたにせまっていた。

目ざましが鳴っている。ハッとして飛び起きると、時刻《じこく》は四時四十五分。表は、まだうす暗い。大急ぎで顔を洗《あら》って、着替《きが》えをすませ、ぬき足、さし足、階段《かいだん》を下りる。やっと一階にたどり着いた時、二階から階段の手すり越《ご》しに母さんが、ねぼけ眼《まなこ》の顔をのぞかせた。

「本当に行くの？　まだ、暗いわよ」

「大丈夫《だいじょうぶ》。まかせといて。朝ごはんまでには帰ってくるから」

私は、ひそめた声でそう言うと、玄関《げんかん》から表に出た。

空気がひんやりと湿《しめ》って冷たい。すみれ色の朝もやの中、街はまだ眠っているみたいだ。

『ケイ君、本当に来るかな？』

心配しながら歩いていくと、意外や意外。丸山啓《まるやまけい》は、用意万端《ばんたん》、掲示板《けいじばん》の前で、もう待っていた。

「目ざまし三つもかけといたらさ、ものすげぇ音で、ベッドから転げ落ちそうになったんだ」

ケイの言葉に、思わず笑ってしまった。それにしても、丸山啓の格好《かっこう》ときたら……。手には軍手、腰《こし》にはロープ。背中《せなか》に、でっかいナップサックまでしょっている。完ぺきな宝《たから》さがしスタイルっていうわけだ。でも、朝早く、町中を、こんな格好でうろつくなんて、あやしげである。私《わたし》は、静まる町の通りに人影《ひとかげ》がないことにホッとしていた。

掲示板の立つ交差点を左に折れ、垣根《かきね》に囲まれた家いえの間の道をほんのしばらく行くと、目の前に静かな公園が現《あらわ》れた。

「ここね？」

石のポールのならぶ公園の入り口には〝ドングリ西公園〟と書かれた木の看板《かんばん》も立っている。本当に近い。ポオおばさんの家から、五分とかからなかった。やっぱり、目指す宝物は、私たちのすぐそばにあったのだ。

色あせたジャングルジム。途中《とちゅう》で二股《ふたまた》に分かれた大きなスベリ台。ブランコにシーソ

ーに水飲み場。そして、公園の中央の、空色のベンチの後ろには、こずえを広げたクヌギの木がはえていた。

「あの木だ！」

鋭《するど》くケイが叫《さけ》ぶ。私《わたし》の胸《むね》は、もう、ドキドキし始めていた。太い横枝《よこえだ》がつき出たクヌギの幹《みき》のつけ根のあたりに、小さな穴《あな》が口を開けているのが見えたからだ。

「行こうぜ」

ケイの言葉に、うなずき交《か》わし、私たちはゆっくりと、だれもいない公園の中へ入っていった。

サクサクと砂場《すなば》をふんで、ベンチの後ろのクヌギの木に近づくと、ふいに、湿《しめ》った風が公園の中をふきぬけた。クヌギの木が、驚《おどろ》いたように、ザワザワとこずえをゆらす。

「きっと、この穴《あな》の中だな」

ケイが、ザラザラした幹《みき》の途中《とちゅう》にあいた穴のまわりを、手でなぜながら言った。私のこぶしが、やっと入るぐらいの穴。のぞきこんでも、穴の中はまっ暗で何も見えない。

その時、ケイがナップサックの中から懐中電灯《かいちゅうでんとう》を取り出した。

「ほうら。懐中電灯、持って来てよかっただろ？」

得意気な顔でそう言うと、ケイは私《わたし》の目の前で懐中電灯《かいちゅうでんとう》のスイッチを入れた。丸い光の輪で底の方を照らしながら、穴《あな》の中をのぞきこむケイの様子を、私は、ヤキモキしながら見守る。

「ねぇ。何かあった？」

「ウーン、結構《けっこう》深いな……」

ゴソゴソと懐中電灯を動かしながらケイが答える。

「底の方に、土がたまってて、よく見えないんだ。でも……。ん？　待って！　なんか光ってるな」

懐中電灯を抜《ぬ》き取り、ケイは、右腕《みぎうで》をすばやく穴の中につっこんだ。

「くそっ、届《とど》かないや。もうちょいなんだけどなぁ……」

「ちょっと、どいて。あたしがやってみる」

ケイと交代して、今度は、私が穴の中に手をさしこんでみた。やっぱり、だめだ。必死に伸《の》ばした指の先が、穴の底にたまった土をひっかいている。

「どうしよう？　棒《ぼう》かなんか、持ってこようか？」

「いや、いや。丸山啓《まるやまけい》に、おまかせを！」

ケイが、ニヤリと笑う。またまた、ナップサックをかき回して、次つぎに、中の品物を取り出しにかかった。一番最初に出てきたのはタコ糸。お次はガムテープ。最後は、なんと乾電池《かんでんち》で動くミニ扇風機《せんぷうき》！　こんなものどうするんだろう？

「待ってろよ。今、お宝《たから》を釣《つ》り上げてやる」

ケイは、ガムテープをベリリとちぎって、タコ糸の先に、ダンゴのように丸めてひっつけた。どうやら、これで、穴《あな》の中の宝物を釣り上げる気らしい。

「ちょっと、これ、持ってて」

私《わたし》にガムテープ付きタコ糸をあずけたケイは、穴の奥深《おくふか》くにミニ扇風機をつっこんでいる。

「なにやってんの？」

「まず、宝物の上にかぶさってる土を吹き飛《ふと》ばしてるんだよ。そうしなきゃ、ガムテープがくっつかないだろ？」

ナルホド！　ミニ扇風機が、こんなことに役立つとは思わなかった。

「ケイ君のナップサックって、ドラえもんのポケットみたいだね……」

思わず、感心してつぶやくと、ケイはいよいよ得意気な顔になった。

「だから、よく言うだろう？　備《そな》えあればうれしいなって」

「それって……〝備えあれば憂《うれ》いなし〟じゃなかったっけ？」

「いいから、いいから」

サッサと扇風機《せんぷうき》をナップサックに放りこんだケイは、もう一度、懐中電灯《かいちゅうでんとう》の光で目標の位置を確《たし》かめ、いよいよ、タコ糸をそろそろと穴《あな》の中に下ろしていった。

タコ糸をあやつりながら、じっと穴の中をのぞきこんでいたケイが「アッ」と声をあげる。

「やった！　くっついたぞ！」

私《わたし》もハッと息をのむ。胸《むね》がドギマギと踊《おど》り出す。慎重《しんちょう》に。慎重に……。息をつめる私の前で、ケイがタコ糸をたぐり始めた。もうちょっと……。あと少しで、ガムテープが見える。ケイが、そうっと左手を穴の中にさし伸《の》べ何かをつかみ取るのがわかった。

「釣《つ》れた？　ねぇ！　ちゃんと取れた？」

身を乗り出す私に向かって、ケイが、ゆっくりとにぎりしめた左手をさし出す。

「ほうら、この通り！」

手の平が、パッと開いた。

「わあ!!」

私《わたし》は、声をあげて、目を見張っていた。開いたケイの手の平の上に、大粒《おおつぶ》のサファイヤをはめこんだ指輪が一つ、青あおとした光をたたえて輝《かがや》いている。

「うっそぉ! これ本物のサファイヤかな?」

本物だとしたら、とんでもなく大きい。

「本物だよ、きっと……」

ケイが真剣《しんけん》な顔でうなずく。私には、宝石《ほうせき》の値段《ねだん》なんて、よくわからなかったが、きっとこんなに大きいサファイヤなら、なん百万円もするんじゃないかと思う。だとしたら、これこそ正真正銘《しょうしんしょうめい》の宝物《たからもの》だ。ケイの手の上から、そっと指輪をつまみ上げた私は、急に不安になって、公園の中をすう早く見回した。公園のまわりに人影《ひとかげ》はない。私はクヌギの木の下のベンチに腰《こし》を下ろした。

「しまっとけよ。落とすと大変だから」

ケイも、私の横にすわって、キラキラ輝いている指輪を、なんだかまぶしそうにみつめている。

「……でも……。どうしよう。これ、私が持っててていいのかなぁ……」

「いいのかなぁ……って……。だって、ポオおばさんに、みつけて来てくれって言われたんだろ？」

「だって、もし、これが本物のサファイヤだったら、きっとなん百万円もするかもよ。そんな高価《こうか》な指輪を持ってるのって、ちょっと、こわいじゃない。それに、ポオおばさんに見せた後、この指輪はどうなるワケ？　おばさんはもう死んじゃってるんだし指輪は返せないでしょ？」

「うーん……」と、ケイは考えこんだ。

「警察《けいさつ》に届《とど》ける……っていうのも、まずいよな。どうやって、みつけたんだって聞かれたら、説明できないし……」

「だいたい、この指輪って、ポオおばさんの指輪なのかしら？」

「そりゃ、そうだろ。だって、ポオおばさんは、この指輪のかくし場所を知ってたんだし、自分の物でなかったら、みつけてくれなんて言わないだろ？」

「……自分の大切な宝物《たからもの》を、公園の木の穴《あな》にかくす人なんている？　子どもの宝さがしごっこじゃないのよ。おとなだったら普通《ふつう》、金庫にしまうとか、銀行にあずけるとかするんじゃない？」

「そんなこと聞かれたって、ぼくにはわかんないよ……」

ケイは困《こま》ったように、サファイヤの指輪から目をそらした。

「……やっぱ、ポオおばさんの親せきの人に届けるのが一番いいんじゃないかな。トム君のお父さんとかさ……。だって、普通《ふつう》、死んだ人の財産《ざいさん》って身内の人がもらうんだろ？ トム君のお父さんなら、その指輪が、どうして、公園の木の穴《あな》の中なんかにかくしてあったのか知ってるかもしれない……」

「それが……、もう一つの謎《なぞ》なのよね……」

私《わたし》がため息をついたので、不思議そうにケイが首をかしげる。

「もう一つの謎って？」

「トム君のお父さんたち、ポオおばさんが病気になった時も、亡《な》くなってお葬式《そうしき》をした時にも、一度も顔を出さなかったんだって。商店街の向こうのとなり町に住んでるのに、おかしいと思わない？ 昔は、トム君だって時どき、ポオおばさんの所に遊びに来てたわけでしょ？ けんかでもして、仲が悪くなっちゃったのかしら？」

ケイは考えこむようにうなだれたまま、ゆっくりと軍手をぬぎ始めた。

「……そうだね。そういえば、トム君は、急にいなくなっちゃったんだ。……いなくなっ

たっていうか、ある時から、全然、おとなりに来なくなっちゃった。ぼくも不思議だなって思ってたんだよな。それまでは、春休みとか夏休みとか、たまに週末なんかにも遊びに来て、ぼくのこと誘《さそ》いに来たのにさ。あれって、いつごろだったんだろう？　たぶんぼくが小学校の低学年のころだから、四～五年前ぐらいかな……。トム君と遊べなくなって、おとなりにも行かなくなっちゃって……、それから、しばらくしたら、ポオおばさんが死んじゃったって聞いたんだ」

「最後にトム君と遊んだのは、いつだったの？　そのころ、なんか、変わったことなかった？」

ケイは両手からはずした軍手を丸めながら一生懸命《いっしょうけんめい》、考えこんでいる。

「……最後に遊んだ時かぁ……。ポオおばさんちで、クリームソーダ、飲ませてもらった時だっけなぁ……。それとも、トム君と泥《どろ》ダンゴ作り競争した時だっけ……。あんまり、はっきり覚えてないんだよね。だって、すっげぇ昔のことなんだもん。小一のころのことなんて、覚えてないだろ？」

それは確《たし》かに、その通りだった。もうじき六年生になる今、私《わたし》にとって、小学校の低学年時代はもう、昔むかしのできごとのように遠かった。

「あ……、一つだけ……」

ケイが、パッと顔を上げたので、私《わたし》は思わず身を乗り出す。

「なに？　なにか、思い出したの？」

「うん」

ケイは私を見て、うなずいた。

「一度だけ、おとなりの家で、パーティがあったことがあるんだ。いつも静かなおとなりに、ものすごくたくさんの人が来て、車なんかも、いっぱいとまっててさ」

「ケイ君も、そのパーティに行ったの？」

「まっさかぁ……」

ケイが、おかしそうに笑う。

「ぼくなんか呼《よ》んでもらえないよ。だけど、あの日、トム君は来てたと思うんだ。パーティが珍《めずら》しくって、チラチラのぞきに行ってたら、玄関《げんかん》の前でお客さんと話してるポオおばさんの横にトム君がいてさ。だだこねてたんだよなぁ。〝公園行きたぁい〟って……。きっと、ポオおばさんが、お客さんの相手でいそがしくって遊んでもらえなかったんだろうね。だから、トム君、ぐずってたんだと思う。すぐ、だれかに連れられて、家ん中に入っ

てっちゃったけどね……」

「ふうん……。それ、なんのパーティだったの？」

「ポオおばさんのお誕生《たんじょう》パーティだって、うちのお母さんが言ってたと思うよ。誕生パーティなら毎年あるはずなのに、どうして今年だけ、こんなパーティやってるんだろ？って思ったから……」

「それだけ？」

私《わたし》がたずねると、ケイは首をすくめて、ベンチから立ち上がった。

「それだけ」

公園にも朝の光がさし始めている。ジョギング姿《すがた》のおじいちゃんが一人、公園の前の通りを走りすぎていった。もう、そろそろ、帰る時間だ。指輪をしっかりとにぎりしめ、ベンチから立ち上がりかけた私は、ふと思いついてケイにたずねてみた。

「ねえ。ポオおばさんのお誕生日って、なん月なんだろ？　そのパーティ、いつごろだったか覚《おぼ》えてる？」

ナップサックをかつぎあげながら、ケイはあっさり返事をした。

「九月。だって、ぼくの誕生日のすぐ後に、パーティがあったからさ。ぼくの誕生日は、

ちなみに九月十四日でぇす！」

朝の光をうけて、私《わたし》の手の中で、青いサファイヤが輝《かがや》いた。深い海の底をのぞいたような、冷たくて、静かなブルー。私は、その時、左手の親指が、また、うずき始めていることに気づいた。なんだか、この宝石《ほうせき》をみつめていると胸《むな》さわぎがするのだ。

歩き出そうとしたケイが、じっと動かない私の方を不思議そうにふり返った。

「どうしたの？　もう、帰ろうぜ」

私はケイに言った。

「知ってる？　サファイヤって、九月の誕生石《たんじょうせき》なのよ」

第七章　三つ目の謎《なぞ》

公園からの帰り道、私《わたし》とケイは交代交代にアクビを連発した。宝物《たからもの》がみつかって、ホッとしたせいか、眠たくってたまらない。家に帰ったら、もうひと眠りしようかな……。どうせ、ポオおばさんの幽霊《ゆうれい》が現《あらわ》れるのは夕方だろうし、せっかくの春休みなんだもん。

「じゃあ、また」

目をしょぼつかせながら手を振るケイに、私は精一杯愛想《せいいっぱいあいそ》よくあいさつをした。

「ありがと。おかげで、二問目もパスできそう」

ケイは、ちょっと笑顔《えがお》を浮《う》かべるととなりの家の中に入っていった。

「ただいまぁ」

アクビをかみ殺しながら玄関《げんかん》のドアを開けた私は、一瞬《いっしゅん》、パニックにおちいった。

「なに……？　これ……」

いったい、どうしたっていうんだろう。私《わたし》の目の前で、かさ立てが、花びんが、スリッパが……。家中の家具という家具が、とびはね、ただよい、宙《ちゅう》を飛んでいる。

「母さん！　母さーん！」

私は、玄関《げんかん》に立ちつくしたまま、大声で叫《さけ》んだ。

「季子《ときこ》！　入っちゃダメ！　危《あぶな》いわよ！」

だって、もう入っている。ア然としている私の前に、リビングのドアを開けて母さんが飛び出してきた。……踊《おど》るスタンドと一緒《いっしょ》に。

「どうしたの？　いったい、どうしちゃったの？」

私は泣きそうな声をふりしぼって、必死で母さんにたずねた。

その時、リビングの中から、父さんのどなり声が聞こえた。

「こんちくしょうめ！」

たちまち、私の胸《むね》いっぱいに、いやな予感が広がる。

「父さんね？　父さんが、また、幽霊《ゆうれい》をおこらせたんでしょ？」

母さんが、悲し気な顔でうなずいた。

「そうなの。父さんがね、ゆうべ、会社の近くの神社でもらった、魔《ま》よけのお札を持って

帰ってきて、それをけさ、家中に張り始めたら、この騒《さわ》ぎ……。急に、家中の家具がダンスを踊《おど》り出したのよ」

玄関《げんかん》の敷居《しきい》につまずいて、ひっくり返りそうになっているスタンドを両手で押さえながら母さんが説明した。

「あたりまえじゃないの！　そんなの、ルール違反《いはん》だわ！」

私《わたし》は、頭に来てどなった。玄関にならんでいた、父さんの革靴《かわぐつ》と母さんのサンダルが、まるで私の声にびっくりしたように、ドスバタと飛びはね始める。私は、腹立《はらだ》ちまぎれに父さんの踊る靴をけっとばし、自分のはいていた運動靴をぬぎちらかして、リビングのドアに突進《とっしん》した。

リビングの中では、家具たちがダンスパーティのまっ最中だった。カーテンが、はためく。本棚《ほんだな》から飛び出したなん十冊《さつ》もの本が鳥のように宙《ちゅう》を飛び回る。テレビがステップを踏《ふ》み、ソファは一本の脚《あし》を軸《じく》にして、グルグル回転をつづけている。

その踊る家具たちのまん中に父さんがいた。父さんは片手《かたて》にスリッパをかまえ、頭をかすめて飛び回る文庫本を、はたき落とそうとしているところだった。

「やめてっ!!」

私《わたし》は、あらん限《かぎ》りの大声をはり上げた。

「父さんも、ポオおばさんも、いいかげんにしてっ‼　あたしは、朝っぱらから必死になって、宝《たから》さがしにかけずり回ってるっていうのに、なんで、みんな勝手なこと、するのよ‼　どうして、ちゃんと、約束を守らないの⁉　父さん！　お札なんて、すぐにはがしてっ‼　ポオおばさん、出てくる約束は、夕方じゃなかったの？　あたしだけ、一生懸命《いっしょうけん》《めい》になって、ばかみたい！　あたしは、ちゃんと、約束通り、宝物をみつけたっていうのに！」

叫《さけ》びながら私は、手の中ににぎりしめていたサファイヤの指輪を、力いっぱい、天井《てんじょう》に向かってつき出した。

「ほら！　これでしょ⁉　鳥の目のまん中にはえたクヌギの木の穴《あな》の中にあったのよ‼」

突然《とつぜん》、今まで、飛び回っていた本たちが、ドサドサと目の前に落っこちてきた。

「キャッ！」と言って頭を押さえ、次に、こわごわ見回してみると、部屋の中は、うそのように静まっていた。

もうテレビも踊《おど》らない。ソファは、いつものように窓辺《まどべ》に腰《こし》をすえ、家の中を静けさが包んでいる。

ただ、窓辺《まどべ》にたれ下がったレースのカーテンだけが、風もないのにゆらめくのが見えた。そして、部屋の物かげにたまったかすかな闇《やみ》がカーテンの前に吸《す》い寄《よ》せられるように集まってきたかと思うと、その薄《うす》い影《かげ》がゆっくりと固まって、そこにポオおばさんの姿《すがた》が現《あらわ》れたのだ。

朝の光の中で見るポオおばさんは、いつもより、ずっと、スケスケだった。

私《わたし》は胸《むね》がドキドキして、指輪をにぎる自分の手に、ぎゅっと力をこめた。ごくんと息をのみ、ポオおばさんをみつめる。そして私は、手の中の指輪を、そっと、おばさんの方にさし出した。

ポオおばさんは、じっと目をこらして、私がさし出した、サファイヤの指輪をみつめた。青い大粒《おおつぶ》のサファイヤが、窓からの光をうけ輝《かがや》いている。

「……よく、みつけてくれたわねぇ」

ポオおばさんの顔に、うれしそうなほほ笑《え》みが広がった。

「エル・グランド……聖《せい》なる大地……。それが、そのサファイヤの名前なのよ。ペルシャ人は昔、この大地がサファイヤでできているって信じてたの。そして、大地の上に広がる空はサファイヤの光をうつして、青く輝いているんだと思ってたのね。すてきな話でし

よ？」

おばさんが、私《わたし》の方に目をあげて笑う。

私は大きな深呼吸《しんこきゅう》をして、思いきって、ポオおばさんに話しかけた。

「サファイヤは九月の誕生石《たんじょうせき》。ポオおばさんの誕生月の石ですよね？」

ポオおばさんは、ハッと目を見開いて、しげしげと私の顔をみつめた。

「この指輪、ポオおばさんの指輪なんでしょ？　どうして、公園の木の穴《あな》の中なんかにかくしたりしたんですか？」

ポオおばさんは、何か答えようとするように口を開きかけて、やめてしまった。私とポオおばさんの視線《しせん》がからみ合う。そのとたん、私の心の中に、ポオおばさんの言葉が流れこんできた。

『もう少しで、全《すべ》ての謎《なぞ》が解《と》ける。あと、もうちょっとで、あなたは、本当の答えにたどり着く。あなたは、私のさがしていた〝ミッシング・リング《（失くなった指輪）》〟をみつけてくれた。あとは、このリングを使って、バラバラになってしまったものを、もう一度、つなげてほしい。それが、最後の問題。……いいえ、最後のお願いです』

気のせいなんかじゃない。空耳でもない。耳に届《とど》く声以上に、はっきりと、その言葉は

私《わたし》の心の中に響《ひび》いた。

「バラバラになったものって？」

私は声に出して聞き返した。

『それは、私の家族』

「そんな……」

私は、びっくりして、おばさんをみつめた。

「そんなこと、私にできるはずないわ。バラバラになった家族を、どうやって、つなぎ直すの？」

一人でしゃべっている私を、リビングのすみで、あっ気《け》に取られたように、父さんと母さんがながめている。

『……大丈夫《だいじょうぶ》。そのリングが、きっと、つないでくれるから』

「あ！　待って！」

ポオおばさんの姿《すがた》が消えうせようとしている。私はあせって、レースのカーテンの方にかけ寄《よ》った。

「ね！　待って！　ポオおばさん！　この指輪、どうすればいいの？　あたし、こんな大

事なもの、持ってられない！　あずかれないわ！」

しかし、もうその時、カーテンの前でゆらめいていたポオおばさんの、薄《うす》い影《かげ》のような姿《すがた》は、まぶしい光の中にとけこむように消えてしまっていた。

『それは、あなたが持っていて。それは、最後の謎《なぞ》を解《と》く鍵《かぎ》。バラバラになってしまった私《わたし》たちをつなぎとめるために、どうしても必要なミッシング・リングだから……』

「そんなの、困《こま》る！　ねぇ、ポオおばさん！」

私の声だけが、静まるリビングの中に響《ひび》いた。

しばらく私は、朝陽のさしこむリビングの窓辺《まどべ》から動くことができなかった。頭の中を様ざまな思いが、めまぐるしくかけめぐる。ポオおばさんの言葉が、ジグソーパズルのピースのように頭の中に散乱《さんらん》している気がした。

〝全《すべ》ての謎〟〝本当の答え〟〝ミッシング・リング〟〝バラバラになった家族〟〝謎を解く鍵〟……。いったい、どのピースをどこにはめこめばいいのか全然、わからない。

「……季子《ときこ》……」

母さんに呼《よ》ばれて、私は、ハッと顔を上げた。

「……あなた、だれと話してたの？　ポオおばさんと？」

私《わたし》は、うなずく。

「母さんには、ポオおばさんの声……、聞こえなかったけど……、あなた、聞こえたのね？」

もう一度、うなずく。

「ポオおばさん、なんて言ってたの？　あなたに、三問目の問題を、言った？」

私がうなずこうとした時、横から父さんが、ニュッと手をつき出した。

「季子《ときこ》、その指輪、見せなさい。それが、問題の宝物《たからもの》なんだろ？　どうやら、ずいぶん高価《こうか》な物らしい……。子どもが、そんな物を持ってちゃいけないよ」

突然《とつぜん》、忘《わす》れていた怒《いか》りが、私の中にふくらんだ。

「父さんの、ばか！　どうして、お札を張ったりなんかしたのよ。私に〝宝さがしは、まかせたぞ〟なんて言っといて、本当は、私のことなんて、ちっとも、あてにしてなかったんでしょ？　私が宝物をみつけられるはずなんかないって思ってたのね？」

父さんは、私の剣幕《けんまく》にたじろいだ。

「いや……。そうじゃないさ。ただ、備《そな》えあれば憂《うれ》いなしって言うだろ？」

どっかで聞いたせりふだ。

「うそ！」

私《わたし》は、父さんをにらみつけた。

「私のこと信じてたんなら、神社でお札なんかもらって来なかったはずよ！」

「季子《ときこ》、その話は後回しだ。それより、その指輪、父さんに、よこしなさい。子どもが持ってるようなもんじゃない」

父さんの声にイライラした調子がしのびこむ。私は余計《よけい》に腹《はら》が立った。

「だめ！　これはポオおばさんの指輪なんだから！　ポオおばさんは、これを、私に持ってるように言ったの。この指輪が、最後の謎《なぞ》を解《と》く鍵《かぎ》になるはずだからって！」

母さんが、もう一度、私にたずねる。

「最後の謎って、なんだったの？」

私は一瞬《いっしゅん》、ポオおばさんの言葉を教えようかどうしようか迷《まよ》った。でも、結局、きっぱりはねつけることに決めた。

「もう、いいの！　父さんが私を信用してないんだったら、私も父さんなんて信じない！せっかくの苦労を、父さんに台無しにされるのは、もうコリゴリ。最後の謎は、私が一人で解くから、ほっといてよ！」

「季子《ときこ》！」

後ろから追っかけてくる父さんと母さんの声をふり切り、私《わたし》はリビングを飛び出した。二階にかけあがって、自分の部屋の中に飛びこんだ私は、乱暴《らんぼう》にドアを閉《し》めて大きく息をついた。

一人になると、なんだか、情《なさ》けなくなって、腹《はら》が立って、涙《なみだ》が出そうになった。

〝宝《たから》さがしはまかせた〟なんて言っておいて、勝手に神社のお札なんかをもらってきた父さんが、私にはどうしてもゆるせなかったのだ。父さんに言われたから、あんなにがんばって、宝物をさがしたのに……。汗《あせ》だくになって庭中のクヌギの木を調べて回ったり、ケイと二人で朝早くから公園に出かけたりした自分が、ばかみたいに思えた。

指輪をにぎった左手の親指が、いつの間にかまた、ズキズキうずいている。ああ！　いやな気分。

私は机《つくえ》のひき出しを開けて、小さな宝石箱《ほうせきばこ》をひっぱり出した。宝石箱っていっても、中味は、お祭りで買ったガラス玉の指輪とか、クリスマス会のクジ引きであたったサンタクロースのブローチなんだけど……。その宝石箱の中から、ハート型のペンダントをさがし出して、私は、サファイヤの指輪をチェーンに通した。

まさか、いくらなんでも、こんなにでっかい宝石《ほうせき》付きの指輪を、私《わたし》みたいな子どもが指にはめておくわけにはいかない。ペンダントを首にかけ、指輪をTシャツのえりの中に落とす。これでオーケー。いつでも指輪を持って歩ける。

部屋の中で、しばらく息をひそめていると、父さんが会社に出かけていくのがわかった。ほっとしたとたん、お腹《なか》がグウッと鳴る。朝から、なんにも食べていないんだもの。すっごくお腹が減《へ》っているわけだ。でも、母さんのいるダイニングに降《お》りていくのは気が重いし……。

そんなことをグズグズ考えていたら、階段《かいだん》をつたって、甘《あま》い香《こう》ばしい匂《にお》いがただよってきた。うわっ！　これって、母さん自慢《じまん》のマフィンの匂いだ。レーズン入りのアツアツのマフィンにバターをつけて食べると最高！　もう、これは降参《こうさん》するしかなかった。

私はエサにつられた猫《ねこ》みたいに、仕方なく、一階のダイニングに降《お》りていった。

思った通り、テーブルの上の籐《とう》カゴにはアツアツのマフィンが山盛《やまも》りになって、湯気をたてている。

私の席の前には、お皿とバタートレイと、冷たいミルクの入ったグラスまでおいてあった。

グウッとまた、お腹《なか》が鳴る。飛びつくように席についたとたん、まるで、タイミングをはかったように台所から母さんが現《あらわ》れた。手には洗《あら》いたてのイチゴを入れたガラスの小鉢《こばち》を持っている。

「焼きたてよ。早く食べなさい」

まるで何ごともなかったように母さんが言うので私《わたし》も素直《すなお》に「いただきます」が言えた。

マフィンを食べ出した私の向かい側の席に、母さんがそっと腰《こし》を下ろす。

「キコちゃん。あなた、父さんに、あれは、ちょっと言いすぎよ」

ほうら、来た。私はだまって黙《もく》もくとマフィンをほおばる。

「あなたがおこるのもわかるけど、父さんだって、一生懸命《いっしょうけんめい》だったんだから……。なんとかしなきゃいけないと思ったのよ。あなただけに、宝《たから》さがしをまかせっぱなしで、父さんや母さんが、なにもしなくっていいってわけは、ないでしょ？」

「だって……。父さんは、もうちょっとで、なにもかも、ぶちこわしにするところだったのよ！　私が苦労して、せっかく宝物をみつけたのに、ポオおばさんをおこらせちゃって……。あんなの反則《はんそく》よ。神社のお札なんて！　だいたい、一番最初に、ポオおばさんのテストを受けるって決めたのは、父さんじゃない。それなのに、自分がルールをやぶるなん

て、サイテー。母さんだって、いつも言ってるでしょ？　約束は守らなきゃいけないって……」

母さんは、小さくため息をついた。

「そうね。父さんて、つっ走るタイプだから、自分がこうだって思うと、まわりが見えなくなっちゃうのよね。そもそも、この家に引っ越《こ》すことに決めたのも父さんだしね。……キコちゃんは、どうだったの？　本当は、引っ越し、いやだったんじゃない？」

突然《とつぜん》話題が変わったので私《わたし》は、とまどった。

「前の学校には、お友だちもいたんだし、あと一年で卒業っていう時に引っ越すなんてね。本当は、いやだったんでしょ？」

それは、その通りだった。自分の部屋のある大きなお屋敷《やしき》に引っ越すうれしさより、友だちと別れて知らない町の知らない学校へ行くさびしさの方が、私にとってはずっと大きかった。

だまっている私をみつめ、母さんは、もう一度たずねた。

「今はどう？　この家に引っ越したこと後悔《こうかい》してる？」

そこで急に声をひそめ、ささやくように母さんは言った。

「こんな幽霊屋敷《ゆうれいやしき》に引っ越《こ》さなきゃよかったって思ってるの？」

「……わかんない……」

私《わたし》は正直に答えた。本当に、わからなかったから……。確《たし》かに最初はいやだった。幽霊の出る家なんて、すぐにも逃《に》げ出したかったのは確かだ。……でも、今は、どうだろう？ケイ君と知り合い、幽霊のおばさんの出す問題を解《と》き、宝物《たからもの》をみつけ出した時、私はワクワクしていたんじゃないだろうか？　今だって、三つめの謎《なぞ》の答えを知りたくって、たまらないいんじゃないだろうか？

母さんが私を見て、ニコリと笑った。

「母さんにも、わからないのよ。この家に越してよかったのかどうか……。今度だけじゃないわ。これで絶対《ぜったい》よかったんだって思えることなんて少ないじゃない？　よかったのか悪かったのかなんて、ずっと先になって、やっとわかることもあるしね。だけど、父さんはちがうの」

「え？」

聞き返す私を見て、母さんが、おかしそうに笑う。

「父さんはね、いつだって、何をする時にも、これがいい！　これが最高！　って思えち

ゃうのね。それって、スゴイでしょ？　だって本人が〝これでいいんだ！〟って納得《なっとく》してるんじゃ、だれももんくは言えないじゃない？　それで結局〝これでよかったんだ〟っていうことになっちゃうってこと、多いのよね」

「だけど、まわりは、スゴイ迷惑《めいわく》だよ」

そう言いながら、私《わたし》も母さんにつられて笑いそうになった。そういえば、父さんが落ちこんでるとこなんて見たことがない。まるで、ハズレなしの大当たり人生を歩いているみたいだ。

「迷惑をかけたり、かけられたり……。それはおたがい様でしょ。それが家族じゃないの」

母さんは、やっぱり話がうまい。最後にはいつだって、こっちが負けてしまう。

「父さん、ゆうべ帰って来て〝キコちゃんが宝物《たからもの》みつかりそうだって言ってた〟って話したら感心してたのよ。〝そうか！　みつけたか！〟って。それで、かえって、はりきっちゃったのね。自分も、なんかやらなきゃいけないっていう気になって、お札なんか張り出したのよ。かんべんしてあげなさい。会社に行く時、しょんぼりしてたわよ」

私は、ちょっと胸《むね》が痛《いた》んだ。心の中でふくらんでいた怒《いか》りが、しぼんでいく。

「さあ、イチゴも食べて」

母さんは元気に言って、ガラスの小鉢《こばち》を私《わたし》の前に押《お》し出した。

「……三つめの謎《なぞ》のこと、あなたが一人で解《と》いてみるつもりなら、母さん、何も聞かないわ」

私は驚《おどろ》いて、母さんの顔を見た。

「ポオおばさんが、あなただけに話しかけたのも、ひょっとしたら、あなたに謎を解いてほしかったからかもしれない……」

「……でも……」

私は思わずTシャツの上から、サファイアの指輪をにぎりしめていた。

「解けないかもしれないよ。そしたら、私たち、この家を出てかなくちゃいけないかも……」

母さんは、私の言葉にふんわりと笑った。

「言ったでしょ？　母さんは今も迷《まよ》ってるって。この家に越《こ》して来て正解《せいかい》だったのか、失敗だったのか……。もし、出ていくことになったら、その時は、その時よ。父さんだって、きっと言うわよ……」

「これでよかったんだって……」

私《わたし》と母さんは同時にそう言って、笑い出した。

そう……。だめな時は、だめな時。まず、やってみるしかない。だって、もうスタートを切ってしまったんだから、途中《とちゅう》で逃《に》げ出すわけにはいかない。Tシャツの下でゆれる、冷たいサファイアの感触《かんしょく》を感じながら、私はそう心に決めていた。

ダイニングのすみの電話が鳴ったのは、その時だった。

第八章　真実の石

突然《とつぜん》鳴り響《ひび》いた電話の音にドキッとしたけど、母さんはすぐ、席を立って受話器《じゅわき》を取った。

「はい、榎本《えのもと》です」

だれからだろう？　母さんが私《わたし》の方を向く。

「丸山《まるやま》さん？　ああ、ケイ君ね？　季子《ときこ》がお世話になりました。けさは、本当にありがとう」

ケイ君からだ！　私は、口の中のイチゴをのみこむと、急いで母さんから受話器を受け取った。

「もしもし？」

「ああ……。ええと、榎本さん？」

「そう。あたしよ。けさ、ありがとうね。どうしたの？」

「一つ思い出したことがあるんだけど……」

「何？　トム君のこと？」

「……ううん。そうじゃなくて、ポオおばさん家《ち》にいた、お手伝いのおばさんのこと……」

「お手伝いのおばさん？」

私《わたし》は〝オールド・タイム〟という喫茶店《きっさてん》で聞いた話を思い出した。確《たし》か、ポオおばさんは一人暮《ぐ》らしで、屋敷《やしき》には、お手伝いの女の人が出入りしていたって……。

「ぼく、その人、知ってるんだ」

「え？　その人って、そのお手伝いに来てたおばさんのことね⁉」

私は勢《いきお》いこんで受話器《じゅわき》をにぎりしめる。

「ぼく……っていうか、本当は、ぼくのお母さんの知り合いなんだけどね。その人に聞いてみたら、指輪のこととかわかるかな……と思って」

私は思わずヒソヒソ声になって、ケイに質問《しつもん》した。

「ケイ君、あの指輪のこと、お母さんに話したの？」

「言ってないよ。指輪のことも、ポオおばさんの幽霊《ゆうれい》のことも話してない。そんなことしゃべったら大変だよ。心霊写真《しんれいしゃしん》撮《と》らしてくれって押《お》しかけるかも……。お母さん今、カメラに凝《こ》ってるから……」

私《わたし》は、ホッと胸《むね》をなでおろした。

「お母さんが、町内会の用事で出かけたから、電話したんだ。……で、どうする？　そのおばさんの所に行ってみる？」

「……行ってみるって……、その人近くに住んでるの？」

「うん。商店街の中の雑貨屋《ざっかや》さんなんだ。去年オープンした〝つれづれ屋〟っていう店。十一時ごろじゃないと開いてないと思うけど」

「わかった。じゃあ、お昼ごはん食べてから、一緒《いっしょ》に行ってくれる？　あたしも、いろいろ報告《ほうこく》したいことがあるし……」

「なんか、わかったの？」

今度はケイが私にたずねる。私は、おもいっきりひそめた声で答えた。

「また、ポオおばさんの幽霊《ゆうれい》が出たの」

「ええっ!!」

びっくり仰天《ぎょうてん》しているケイと、待ち合わせの約束をして、私《わたし》は電話を切った。

だまって電話の様子をうかがっていた母さんが、おもしろそうに私の顔を見る。

「なんだか、まるで、ケイ君と二人で、捜査《そうさ》チームでも組んだみたいね。最初は、あんなやつと宝《たから》さがしなんてできないって言ってなかったっけ?」

「だって……、ケイ君なら、ポオおばさんやトム君のことも、いろいろ知ってるし……」

『それに、案外、たよりになるんだもん』という言葉を、私はのみこんだ。

母さんは、私の心の中を見すかしたように笑う。

「いいお友だちができてよかったじゃない。でも、季子《ときこ》、くれぐれも気をつけなさい」

「何が?」

きょとんとする私に、真顔になって母さんは言った。

「あの指輪……。きっと、すごく高価《こうか》なものなんだと思うわ。なん百万……ひょっとすると、なん千万もする宝石《ほうせき》かも」

私はまた、Tシャツの上から、首につるしたサファイアの指輪をそっとにぎった。

「それにね、なんていうのかな、あの指輪を見た時、母さん、なんだかいやな感じがしたの。胸騒《むなさわ》ぎっていうのかな……。不吉《ふきつ》な感じっていうか……」

「いやだ……」

私《わたし》は、ドキリとする。私が感じたのと同じことを母さんも感じていたんだ。

「まあ、見たこともないようなりっぱな宝石だったから、そんな気がしたのかもしれないけど。でも、そんな高価《こうか》な物持つと、ろくなことないんだから。だから、とにかく、気をつけてね。その指輪のことは、ケイ君以外の人に言っちゃだめよ」

「わかった……」

私は、しっかりと母さんにうなずき返した。


約束は、十二時四十分。交差点の掲示板《けいじばん》の前。今度は私の方が、ケイ君より、ちょっと早かった。しばらく待っていると、大あわてでかけてくる丸山啓《まるやまけい》の姿《すがた》が見えた。

「ごめん！　ヤキソバおかわりしたら、おそくなっちゃった」

「いいよ。私も今、来たとこだから」

「じゃ、行こう」

そう言ってケイは、南にのびる坂道を歩き始める。歩きながら、チラリとケイは、私の手を見た。

「あの指輪、どうした？　持って来たの？」

私《わたし》は、Tシャツの胸《むね》のあたりを押《お》さえて、うなずく。

「うん。チェーンに通して首からかけてる。なくしたら大変だから……。やっぱり、これ、すごく高いものらしいよ。エル……なんとか……。ええと、なんだったかな？　宝石《ほうせき》に名前があるんだって。そう！　〝エル・グランド〟……〝聖《せい》なる大地〟っていう名前のサファイアなんだって。ポオおばさんが、そう言ってた」

「いつ出たんだ？　ポオおばさん。幽霊《ゆうれい》って、昼間でも出てくるんだね」

そこで私は、けさ、家に帰ってから起こった出来事をくわしくケイに話して聞かせた。

「すっげえ！　スリッパが空を飛ぶなんて！　ポルターガイストだね。ああ、見たかったなあ」

ひとごとだと思って、ケイはのんきなことを言っている。

「何、言ってんのよ。映画《えいが》ならともかく。自分の家でポルターガイストなんて、見たくないわよ」

私がしかめっ面《つら》でにらみつけたものだから、ケイは、あわてて話題を変えた。

「ええと、それで、その三問目の謎《なぞ》だけどさ。バラバラになった家族を、もう一度、つな

げてくれって、ポオおばさんは言ったんだよね？　その家族って、つまり、トム君たちのことなのかな？」

「たぶん、そうだと思う。ポオおばさんには他に親せきもいなかったみたいだし、家族っていえるのは、トム君たちぐらいじゃない？」

「うん。そうなると、やっぱり問題は、どうして、その家族がバラバラになっちゃったのか……だよね。この前も言ってたけど、もともとは、ポオおばさんとトム君たちの一家は、仲が良かったはずなんだ。それが、ある時、何かが起こって、バラバラになった……」

「その謎《なぞ》を解《と》く鍵《かぎ》が、この指輪だっていうことよね」

「その指輪のこと、ポオおばさんは〝ミッシング・リング〟って言ったんだろ？　だじゃれかな？」

「え？」

私《わたし》には、意味がのみこめない。〝ミッシング・リング〟……失くなった指輪。その言葉のどこがだじゃれなのかわからなかった。ポカンとしている私を見て、ケイの顔がちょっと得意そうに輝《かがや》く。

「あれ？　知らないんだ。〝ミッシング・リンク〟っていうのが本当なんだぜ。リングじ

ゃなくて、リンク。ダーウィンも〝人類の起源《きげん》〟ていう本の中で〝失われた環《かん》〟っていう言葉を使ってる。つながってるチェーンの中の、クサリが一つ足らないっていうことだよ。人類がサルから進化したっていうのは知ってるだろ？ でも、サルから人間になる途中《とちゅう》に、本当はサルと人間の中間に位置する生物が存在《そんざい》するはずだって、ダーウィンは言ったんだ。その発見されていない未知の生物……サルと人間をつなぐ存在、それがミッシング・リンクさ」

ケイが進化論《しんかろん》の講義《こうぎ》を始めそうなので、私《わたし》はあわてた。

「待って。サルと人間の間に何がいたかは知らないけど、ポオおばさんは、この指輪が、最後の謎《なぞ》を解《と》く鍵《かぎ》になるって言ってから、もう一つ別の言い方もしたの。この指輪は、バラバラになった家族をつなぐ、大切なミッシング・リングだって」

「なるほどね」

ケイがもっともらしい顔でうなずく。

「〝ミッシング・リンク〟と〝ミッシング・リング〟をひっかけたんだね。ちぎれちゃった家族のクサリをつなぐリングっていうわけだ……」

「でも、どうして、この指輪が、バラバラの家族をもと通りにできるんだかわかんないわ、

バラバラになっちゃった原因《げんいん》がわからなくっちゃね」

ひとめぐりして、私《わたし》たちは、また一番最初の謎《なぞ》にもどってきた。ポオおばさんと、トム君の一家の間に、なにがあったのか……。

「まあ、とにかく、つれづれ屋のおばさんに、その指輪のこと、聞いてみようよ。そしたら、きっと何かわかるかもしれない」

「そのことなんだけど……」

私は、母さんの言葉を思い出した。

「その指輪のこと、母さんが、ケイ君以外の人には言わない方がいいって。だって、すごく高価《こうか》な物でしょ？　私が、そんな指輪を持ってるっていうことは秘密《ひみつ》にしといた方がいいと思うんだ」

「あっ、そうかあ……」

ケイがうなずく。

「そうだよな。うわさって、すぐ広がるから……。そしたらまた、どこでみつけたのか……とか、どうしてみつけたのかっていうことにもなるもんな。でも、どうする？」

横断《おうだん》歩道の赤信号の前で立ち止まって、ケイは考えこんだ。横断歩道をわたれば、もう

そこは商店街の入り口だ。

「その指輪のこと、ないしょにして、つれづれ屋のおばさんに、なんて質問《しつもん》する？　まさか、ポオおばさんの幽霊《ゆうれい》のこと話すわけにもいかないだろ？」

「引っ越《こ》してきて家の中を整理してたら古いアルバムが出てきたって言うのはどうかな？」

ケイがキョトンとして私《わたし》を見る。

「そんなの、出てきたの？」

「出てきてないわよ。でも、出てきたことにするの。……それで、家に置いとくわけにもいかないから、亡《な》くなったポオおばさんの身内の人に届《とど》けたいんだけど……って言うのよ」

「そしたら、どうなるわけ？」

信号が青に変わった。私は歩き出しながら、ため息をつく。どうして男の子っていうのは、こう察しが悪いんだろ。〝ミッシング・リンク〟なんていうむずかしい言葉を知ってるくせに、こんな簡単《かんたん》な作戦も理解《りかい》できないなんて……。

「大丈夫《だいじょうぶ》。とにかく私にまかせといて。ケイ君は、私をつれづれ屋のおばさんに紹介《しょうかい》したら、だまってていいから……。いい？　指輪のことは絶対《ぜったい》にないしょだよ。もちろん幽《ゆう》

霊《れい》のこともね」

「わかったよ」

ケイは、ちょっとムッとしたように答えた。

アーケードのない青空商店街は、にぎやかだった。道の両側に様ざまな店が押《お》し合いへし合いならんでいる。ラーメン屋さんにお弁当屋《べんとうや》さん。薬局に洋品店。靴屋《くつや》にオモチャ屋。本屋にレコードショップ。引っ越《こ》してきてから、買い物というと車で十分のスーパーですませていた私《わたし》は、ワクワクしながら、その商店街の通りを歩いた。

「こっちだよ」

そう言ってケイは、薬局の先を右に折れ、商店街と交差する脇道《わきみち》に入った。曲がった先は静かな裏通《うらどお》りで、それでも二、三軒《げん》、小さなお店が住宅《じゅうたく》に混《ま》ざって看板《かんばん》を出している。こぢんまりとした喫茶店《きっさてん》や、のれんを下げた串《くし》焼《や》きのお店だ。その中の一軒。本当に小さな、ガラスひき戸のお店の前に〝つれづれ屋〟と書いた木の看板が立っているのが見えた。いなかのバス停のそばにある雑貨屋《ざっかや》さんみたいな感じの古ぼけたお店だ。去年オープンしたお店だって聞いてたのに意外な気がした。もう昔むかしから、そこに建ってたみたい。

低いかわら屋根の下に近づいて店の中をのぞくと、せまい土間の向こうに、畳《たたみ》の部屋が

見えた。

「わぁ……」

私《わたし》はうれしくなって声をあげた。畳《たたみ》の部屋の壁《かべ》を埋《う》めつくす棚《たな》という棚に、様ざまな品物がならべてある。かわいい陶器《とうき》の器《うつわ》やお人形、和布《わふ》でつくったポシェットやおサイフ。小さなミニチュアの鯉《こい》のぼりの置き物や、カブトの絵を描《えが》いたタペストリーも下がっている。

「買い物に来たんじゃないだろ？」

みとれている私の肩《かた》をつっついて、ケイはいきなり、ガラガラと店の戸を開けた。

「こんにちはー」

声をかけながら入っていくケイにつづいて、私もひっそりとした土間に足をふみ入れる。

「はぁい」

店の奥《おく》から声が聞こえた。畳の部屋の奥ののれんがゆれて、小柄《こがら》なおばさんがお店に顔をのぞかせた。小花模様《もよう》のピンクの割《かっ》ぽう着《ぎ》を着ている。

「あら、ケイ君、いらっしゃい」

銀ぶちの丸めがねの向こうから、チラリと私を見て、つれづれ屋のおばさんは、かすか

に首をかしげた。

「あら、お母さんは一緒《いっしょ》じゃないの？」

「きょうは、買い物に来たんじゃないんです。……あ、この子、ぼくのとなりん家《ち》に引っ越《こ》して来た、榎本《えのもと》さん。実は、榎本さんが、ちょっと、おばちゃんに聞きたいことがあるっていうもんで……」

ケイはスラスラと答えて、私《わたし》の方を見る。私は、ぺこりと頭を下げた。

「こんにちは。榎本季子《ときこ》です」

丸めがねの奥《おく》で、おばさんの目が、ハッとしたように大きくなる。

「ケイくん家のおとなりって……、ひょっとしてあの、安保《あんぽ》さんのお屋敷《やしき》？」

「はい。一週間ほど前に引っ越してきたばっかりですけど……」

「どうぞ、あがってちょうだい」

つれづれ屋のおばさんは、急いで土間口まで出て来て私たちを手招《てまね》きした。ケイと私は、土間のすみに運動靴《うんどうぐつ》をぬぎ、雑貨《ざっか》たちに取り囲まれた畳《たたみ》の部屋のまん中に腰《こし》を下ろした。

おばさんも、私たちの向かいにそっとすわる。私は少しドキドキしながら、話を切り出した。

「……あの。実は、引っ越《こ》して来て、家の中を整理してたら、納戸《なんど》の中から古いアルバムが出てきたんです。私《わたし》たちの前に住んでた人が忘《わす》れてってたのかな……って思ったんですけど、不動産屋さんに聞いてみたら、どうもちがうみたいで……。たぶん、あの家の元の持ち主の方のアルバムだと思うんです。……それで、私たちが持ってるわけにもいかないし……。でも、あのお家の持ち主のおばさん、もう亡《な》くなってるんですよね？」

つれづれ屋のおばさんが、小さく相づちをうつ。

「ええ、三年前にね。亡くなってしまったのよ」

「……だったら、その亡くなった持ち主の方の身内の人に、アルバムを引き取っていただけないかな……と思って。ケイ君に聞いたら、昔、あのお屋敷《やしき》のお手伝いをしてた方を知ってるって……。つれづれ屋のおばさんは、安保《あんぼ》さんの身の回りのお世話をなさってたんですよね？」

おばさんは、少し困《こま》ったように笑った。

「身の回りのお世話っていうほどじゃないのよ。安保雪江《ゆきえ》さんと私はお友だちだったの。安保さんの会社が輸入雑貨《ゆにゅうざっか》なんかを扱《あつか》ってた関係で知り合って、家も近いし、時どき、あのお宅《たく》にも遊びにいったりしてたのよ。そしたら、そのうち、雪江さんの体の調子が悪

くなっちゃってね。一人で、会社の仕事と家の用事と両方はこなせないから、ひまな時、家の方を少し手伝ってもらえないかって言われたの。ちゃんとしたお手伝いさんをやとうこともできたんだろうけど、雪江《ゆきえ》さんは、知らない人が家に出入りするのはいやだからって……。それでね、私《わたし》がお家の鍵《かぎ》をあずかって、雪江さんが会社の方に行ってる間なんかに、ふき掃除《そうじ》をしたり、シーツなんかの大きな洗濯物《せんたくもの》を片《かた》づけたり、おふとんを干《ほ》したりしに行ってあげてたわけなの。私もまだ、この店を出す前だったから……そうねぇ、週に三回ぐらいは通ってたかしら」

話が横にそれそうなので、私はもう一度質問《しつもん》をはさんだ。

「ケイ君が言ってたんですけど、そのころ、安保《あんぽ》さんのお宅《たく》には、よく、親せきの子が遊びに来てたそうですよね。そのご親せきの連絡先《れんらくさき》、ご存《ぞん》じですか?」

つれづれ屋のおばさんの顔が、サッとくもるのがわかった。やっぱり、このおばさんは何か知っている。私は、胸《むね》がドキドキしてきた。

「ああ……。たぶん、江田《えだ》さんとこの坊《ぼう》やのことね。江田さんていうのは、雪江さんの妹さんがとついだ先のお家でね。妹さんは確《たし》か光江《みつえ》さんていったかしら……。その光江さんの息子《むすこ》さんが江田理《えだおさむ》。雪江さんはサム君って言ってたわね。……で、そのサム君のとこ

の坊《ぼう》やが、努君《つとむ》。雪江さんの妹の光江《みつえ》さんは、もう十年も前に亡《な》くなってね、だからトム君……努君のことよ。……トム君にとっては、雪江さんがおばあちゃんみたいなものだったの。よく、遊びに来てたわねぇ。雪江さんも、サム君やトム君のこと、本当にかわいがってたから……」

「……でも、そのトム君たち、急に来なくなっちゃったんですってね？　ひょっとして、遠くにお引っ越《こ》しでもしちゃったんですか？」

私《わたし》は空っとぼけて質問《しつもん》した。つれづれ屋のおばさんは、いよいよむずかしい顔になった。

「いえ……、引っ越したわけじゃないんだけど、ちょっとした、ゴタゴタがあって……」

「ゴタゴタ……ですか？」

「そうなのよ。私もはっきりしたことは知らないんだけど、たぶん、あのことがあって、江田《えだ》さんの家とは縁《えん》が切れちゃったんだと思うわ」

今こそ、もうひと押《お》しする時だ！

「みつけたアルバムの中に、楽しそうな家族の写真がいっぱい張ってあるんです。あれって、きっと、安保《あんぼ》さんの大切な思い出のアルバムだったんだろうなぁ……って。だから、私どうしても、あの大切なアルバムを、その親せきの人たちに届《とど》けてあげたいんです。だ

ってその人たちにとっても、きっと、大切な思い出の品物でしょう?」

ケイが、あきれたような目でこっちを見ていることに気づいたが、私《わたし》はその視線《しせん》を完全に無視《むし》した。

「そうね。もし、あんなことがなければ雪江《ゆきえ》さんが亡《な》くなっても、その思い出は生きつづけたでしょうね。だけど、一度、心が離《はな》れてしまうとね、昔の思い出っていうのは、人を傷《きず》つけることがあるのよ。私には、江田《えだ》さんたちが、雪江さんのアルバムを喜んでひき取るとは思えないわ」

つれづれ屋のおばさんは、そう言って、とうとう心を決めたように、大きく深呼吸《しんこきゅう》をした。私は、じっと、おばさんの話を待ち構《まかま》える。

「あれは、雪江さんが亡くなる二年前だったわ。雪江さんのお宅《たく》でね、雪江さんの古希《こき》のお祝いの誕生《たんじょう》パーティが開かれたことがあったの」

誕生パーティと聞いて、私とケイはすばやく顔を見合わせた。

「古希《こき》ってなんですか?」

ケイがたずねる。

「七十歳《さい》のことよ。六十歳《さい》の還暦《かんれき》とか、七十歳《さい》の古希とかは、人生の一つの節目っていう

ことで、普通《ふつう》のお誕生日《たんじょうび》より派手《はで》にお祝いするわけ。雪江《ゆきえ》さんの古希《こき》のパーティは盛大《せいだい》だったわよ。親しい仕事関係の方とか、古くからのお友だちとか、ざっと三、四十人はお客様がみえたかしらね。私《わたし》も招待《しょうたい》されたのよ。もちろん江田《えだ》さんの一家もいらしてたわ。そのころ、光江《みつえ》さんのご主人は、もう亡《な》くなってらしたから、パーティにみえたのは、江田理《おさむ》さんと、その奥《おく》さんの……ええと紀子《のりこ》さんと、それからトム君の三人。……ところが、そのパーティの最中にね、大変なことが起こったの」

つれづれ屋のおばさんは、ちょっとひと息ついて、どこか遠くを見るように目を上げた。

「雪江さんの大切にしてた指輪が、失くなってしまったのよ」

私とケイは、ハッと息をのんで顔を見合わせた。失くなった指輪……ミッシング・リング。それは、あのサファイヤの指輪だったんだろうか？　私は、おそるおそる質問《しつもん》した。

「その指輪って、高価《こうか》な物だったんですか？」

「ええ、とっても高価なものよ。雪江さんが昔、結婚《けっこん》の約束をした男性《だんせい》から贈《おく》られたものだったんですって。いわゆる婚約《こんやく》指輪よね。でも、その方は結局、戦争に行ってしまって帰ってらっしゃらなかったの。その方のお家っていうのが古い名家で、その婚約指輪は、そのお家に代だい伝わる由緒《ゆいしょ》ある指輪なんだって聞いたわ。雪江さんは、婚約者の方が亡

くなったって聞いた時、一度、その指輪を婚約者《こんやくしゃ》のお家にお返ししようとしたんだけど、その方のお母さんが〝息子《むすこ》の形身だから、あなたに持っていてほしい〟って言ったんですって。悲しい話でしょ？」

でも私《わたし》は、悲しい……なんて思っているどころではなかった。

「あの……。婚約指輪っていうと、ダイヤかなんかですか？」

「いいえ。サファイヤの指輪。私も一度だけ見せてもらったことがあるけど、そりゃあみごとな、大粒《おおつぶ》のサファイヤだったわ。〝聖《せい》なる大地〟っていう名前のサファイヤなんですって……」

もう、まちがいない。ケイと私が、公園のクヌギの木の穴《あな》からみつけた指輪だ。今、私の首からぶら下がっているのは、ポオおばさんのお屋敷《やしき》のパーティの最中に、消《き》え失《う》せた、由緒《ゆいしょ》ある指輪なのだ。ドキドキドキと、胸《むね》が鳴り始める。

「……でも、その指輪が失くなったことと、江田《えだ》さんたちと、どういう関係があるんですか？」

つれづれ屋のおばさんは、遠くを見つめていた目を私に向け、悲しそうにため息をついた。

「たぶんね、指輪を盗《と》ったのは、サム君だったんだと思うの……」

「ええっ？」

私《わたし》とケイは同時に声をあげた。サム君……。ポオおばさんの甥《おい》……。トム君のお父さんのサム君が、ポオおばさんの指輪を盗《ぬす》んだっていうこと⁉

「だけど、パーティには、いっぱい人が来てたんでしょ？　だれが犯人《はんにん》かなんて、わからないんじゃないですか？」

私の質問《しつもん》に、つれづれ屋のおばさんはもう一度大きなため息をもらした。

「でもね、雪江《ゆきえ》さんが指輪を置いておいた場所を知ってる人は、サム君とサム君の奥《おく》さんだけだったの。そんな高価《こうか》な指輪でしょ？　もちろん、いつもは金庫の中にしまってあったのよ。でも、その日はパーティだったから、雪江さんがずっと指にはめていたの。ただ、一回だけ。パーティの最後に出すデザートの準備《じゅんび》をする時に、雪江さんは指輪がじゃまになるから、はずして、寝室《しんしつ》のどこかに置いておいたらしいの。その置き場所を見てたのは、サム君たちだけだったっていうわけ」

「だけど、置いた場所を見てなくっても、そこら中さがして、たまたまみつけたっていうこともあるんじゃないですか？」

私《わたし》は、つっこんでたずねてみた。

「ほんの十分ほどの短い時間だったのよ。雪江《ゆきえ》さんが指輪をはずしてたのは。それに寝室《しんしつ》は二階にあるから、パーティに来てるお客様が勝手に上に上がっていったりしたらあやしまれるでしょ？　サム君たちはね、その時、たまたま、小ちゃいトム君がグズグズ言い出したから、パーティのじゃまにならないように、二階に連れて上がってたの。だからやっぱり、可能性《かのうせい》からいうと、指輪を盗《と》ったのはサム君たちっていうことになっちゃうのよ。……おまけに、そのころ、ちょうど、サム君はちょっとお金に困《こま》っててね。亡《な》くなったお父さんから引き継《つ》いだ、美術書《びじゅつしょ》の出版社《しゅっぱんしゃ》がうまくいってなくて、なん度か雪江さんからもお金を借りてたみたいだから……」

「サム君……。いえ、江田《えだ》さんは、自分が指輪を盗ったって言ったんですか？」

私がたずねると、つれづれ屋のおばさんは、あわてたように首を横に振《ふ》った。

「いいえ。今、話したことは、あくまでも私の想像《そうぞう》よ。雪江さんは、何も、ひと言も言わなかったわ。それどころか、指輪が盗《ぬす》まれたことを警察《けいさつ》にも届《とど》けなかったぐらいなの。だけど警察に言わないっていうことは、雪江さんも犯人《はんにん》がだれだか気づいてたっていうことだと思うわ。だって、サム君が盗ったってわかってるのに警察には届けられないでしょ？

そして、サム君の方も、その一件《けん》以来、二度と雪江《ゆきえ》さんの前に現《あらわ》れなかったの。それが、何よりの証拠《しょうこ》よ。やましいことがあったから、来られなくなっちゃったのね」

私《わたし》はだまったまま、心の中で、いくつもの謎《なぞ》の答えをさがしていた。本当に、指輪を盗《と》ったのは江田《えだ》さんだったんだろうか？　もし、江田さんが指輪を盗ったんなら、その指輪が、どうしてクヌギの木の穴《あな》の中なんかに入っていたんだろうか？　盗《ぬす》んだ後で、やっぱり持ってるのがこわくなってかくしておいたんだろうか？　ポオおばさんはなぜ、そのかくし場所を知っていたんだろう？

家族がバラバラになった理由がわかったと思ったら、また新しい、謎、謎、謎。いったいいつになったら、私は全《すべ》ての謎の答えにたどり着けるんだろう。

つれづれ屋のおばさんが、思い出したように、口を開いた。

「そういえば、指輪をみせてもらった時、雪江さんが言ってたのよね。あのサファイヤには、もう一つ、別の名前があるって、その名前はね、〝真実の石〟っていうのよ」

「真実の石？」

私とケイは、思わず同時に聞き返していた。

「そうなの。あのサファイヤは透明度《とうめいど》が高くって、あんまり澄《す》みきってるから、人の心を

全部、映《うつ》し出してしまうんですって。そういう言い伝えがあるんだって雪江《ゆきえ》さんが笑いながら教えてくれたのよ。だけど、考えてみると、その言い伝えも、まんざらウソじゃなかったわけよねぇ。サム君の本当の心を映し出してしまったんだもの……。あんなにかわいがってもらってたのに、お金欲《ほ》しさに、雪江さんの指輪を盗《ぬす》むなんてねぇ。そんな人だなんて、思わなかったわよ。まったく、みそこなったわね」

私《わたし》は、つれづれ屋のおばさんの言葉に、背中《せなか》がゾクゾクしてきた。Tシャツの下にある、固いリングの感触《かんしょく》が、心の中まで浸《し》みこんできそうだ。〝真実の石〟の重みで、肩《かた》がこりそうな気がした。

「江田《えだ》さんたちが、雪江さんのアルバムを届《とど》けてもらって、喜ぶとは思えないわ」というのがつれづれ屋のおばさんの結論《けつろん》だった。

私は、「とにかく、一度、手紙を書いて、アルバムを郵送《ゆうそう》してもいいかどうか聞いてみることにします」と言って、まんまと、おばさんから、江田さん一家の住所を聞き出すことに成功した。つれづれ屋のおばさんは、古い年賀状《ねんがじょう》の束の中から、まだポオおばさんと仲が良かったころのサム君からもらった葉書《はがき》をさがし出して、私に、その住所を教えてくれたのだ。

〝新年、明けましておめでとうございます。いつも伯母《おば》が大変お世話になっております〟という書き出しで始まるその年賀状には、上手な馬の木版画《もくはんが》が刷られていた。

「きょう、私《わたし》が話したことは、絶対《ぜったい》、だれにもないしょよ」というおばさんに、お礼を言って、私とケイはつれづれ屋から退散《たいさん》した。

第九章　トム君の家

「よく、次から次へ、ああいうウソがつけるよね」

つれづれ屋を出るとすぐにケイは、ほめてるんだかけなしてるんだかわからないようなことを言った。

「しょうがないでしょ？　本当のことが聞けないんだから……。おかげで、いろんなことがわかったじゃないの」

「わかったことは、わかったけどさ……。だから、これから、どうするわけ？　ポオおばさんと江田《えだ》さん一家の仲が、どうして悪くなっちゃったかはわかったけど、これを仲直りさせるのって、大変なんじゃないかな……」

「そりゃあ、やっぱり……」

私《わたし》は考え考え、言った。

「江田《えだ》さんたちにあやまってもらわなきゃいけないと思うわ。けんかしてて、仲直りする時は、〝ごめんなさい〟が合言葉でしょ？　江田理《おさむ》……サム君は、ポオおばさんの指輪を盗《と》ったっきり、あやまってもいないのよ。それどころか、自分が指輪を盗ったって白状《はくじょう》さえしてないんじゃない？　だから、ポオおばさんは、そのことが心残りで成仏《じょうぶつ》できなかったわけよ……たぶん」

「そうなのかなあ？」

ケイが、片手《かたて》で自分の髪《かみ》の毛《け》をクシャクシャにしながら考えこむ。

「ポオおばさんは、江田さんにあやまれって言ってるのかなあ？　江田さんがあやまったら、本当にそれですむのかなぁ……」

私《わたし》は、肩《かた》をすくめた。

「ポオおばさんは、バラバラになった家族をつないでほしいって言ったのよ。仲直りできないまま死んじゃったのを後悔《こうかい》してるんだわ。だったら、江田さんたちが素直《すなお》に、あやまりさえすれば、きっとうまくいくわよ」

「江田さんたち、素直にあやまると思う？」

「あやまってもらうのよ」

私《わたし》は、きっぱりと言った。

「こうなったら、江田《えだ》さんたちの目の前に、この指輪をつきつけるしかないわね。私たちは、秘密《ひみつ》を知ってるんだって言うの。だから正直にポオおばさんにあやまってって言えば、きっと反省するわよ」

「それって、なんだか、おどしみたいじゃないか」

ケイが眉《まゆ》をしかめる。私は、カチンときて、ケイのことをにらみつけた。

「だって、悪いのは向こうなのよ。指輪を盗《ぬす》んどいて、知らん顔でいるなんてゆるせる?」

「ねえ、だけどさ、本当に、指輪を盗んだのが江田さんだって決まったわけじゃないんだぜ。だいたい、盗まれた指輪がどうして、公園のクヌギの木の中に入ってたかだって、わからないじゃないか。それなのに、おどしをかけたりして、大ハズレだったらどうする?」

「どうしてそう、悪い方、悪い方に考えるの? パーティの最中に失《な》くなった指輪はみつかって、今、私が持ってるし、江田さんたちの住所もわかったし、後は当たってくだけろよ。あしたはちょうど日曜日だから、きっと江田さんだって家にいるはずだわ。日曜日なら、たぶん、会社、休みでしょ? これは、チャンスよ」

「わかった……」

ケイはため息まじりにうなずいた。

「じゃあ、きょう、家に帰ったら市内地図で、トム君家《ち》の場所、調べとくよ。たぶん、自転車で行った方がいいと思うな……。商店街の反対側の江《え》ノ木《き》町って、結構《けっこう》広いんだよね」

「オーケー。じゃ、午前中がいいよね。午後からだと、どっか出かけちゃうかもしれないし……。十時ぐらいでどう？」

「十時には、あっちの家に着くように行こう。……だから、掲示板《けいじばん》前の集合は、九時半。いい？」

「オーケー。九時半出発ね」

私《わたし》の胸《むね》は緊張《きんちょう》と興奮《こうふん》でドキドキしていた。いよいよ、トム君の一家に会える。私が、この指輪を持っていったら、江田《えだ》さんはなんて言うだろう？　トム君は、どうするだろう？　トム君にとって、自分のお父さんが、大好きだったポオおばさんの指輪を盗《ぬす》んだってわかることは、きっと大ショックだろうな……。できたら、トム君のいない所で、江田さんと、奥《おく》さんの紀子《のりこ》さんと話ができるといいんだけど……。ポオおばさんが、バラバラになった家族を大切に思っていること……、その家族をもう一度一つにつなぎたいと思っ

ていることを話そう。

父さんと母さんは約束通り、私《わたし》に何も質問《しつもん》しなかった。土曜日で帰りの早かった父さんも、何も言わない。ただ一言「季子《ときこ》、けさは悪かったね」って言ったから「私もごめんね」って仲直りができた。そうよ。家族なんだもの。「ごめんね」って言えれば、仲直りなんて簡単《かんたん》……だと思うんだけどなぁ。

でも、本当は私にも自信がない。江田《えだ》さんが素直《すなお》に、指輪のことをみとめて、ポオおばさんにあやまってくれるかどうか……。そして、私のしようとしていることが正しいのかどうか……。ポオおばさんが私にしてほしかったのは、本当にこんなことだったんだろうか。もし、江田さんが〝指輪なんて知らない〟って、つっぱねたらどうしよう。そしたら、もうそれっきり、ポオおばさんと江田さんたちとの仲は、二度と元にもどらなくなってしまう……。そしたら、ポオおばさんはがっかりして、これからもずっと、幽霊《ゆうれい》のまま成《じょう》仏《ぶつ》できないんだろうか？

首にかけた指輪がズンズン重くなっていく気がして、私は、すっごくゆううつだった。

「だけど、やってみるしかないじゃない」

私は自分の部屋のフトンの中で、自分自身にそう言い聞かせた。パジャマの上から、サ

ファイヤの指輪をぎゅっとにぎりしめる。

「ポオおばさんは、この指輪がバラバラになったものを一つにつなぐ、ミッシング・リングなんだって言ってたもん。大丈夫《だいじょうぶ》よ。きっと、きっと、うまくいくわよ」

不思議なことに今晩《こんばん》、私《わたし》の親指はうずかなかった。これは、とってもいいことだ。〃あしたはうまくいく〃……私はそう信じることに決めた。

翌朝《よくあさ》、おそめの朝ごはんをすませた後、私は「ちょっと行ってこなくちゃいけない所があるの」と母さんたちに告げた。

「どこ行くの？」

母さんは、少し心配そうだ。私は、できるだけ、さり気なく、なんでもないというように答えた。

「江《え》田《だ》理《おさむ》さんの家」

たちまち、父さんと母さんの顔がこわばった。

「江田理さんって、あのポオおばさんの甥《おい》ごさんでしょ？　どこに住んでるかわかったの？」

「うん。ケイ君ときのう、ポオおばさんのお友だちの所に行って、住所、教えてもらった

んだ」

今度は父さんが口を開く。

「おまえがきょう行くって、江田《えだ》さんには言ってあるのかい？」

「ううん。だって、電話帳にも番号のってないし、行ってみるしかないから……。大丈夫《だいじょうぶ》。すぐ近くだから。お昼までには帰ってくるよ。ケイ君も一緒《いっしょ》だし」

「何を……しに行くの？」

おそるおそる、母さんがたずねた。私《わたし》は、なんと答えようか迷《まよ》った。何をしに行くのかを説明するためには、つれづれ屋のおばさんから聞いた話を一切合財《いっさいがっさい》しゃべらなければいけない。『私が話したことは、だれにもないしょよ』と、くぎをさされているのに、やっぱり、それはできなかった。

「もうちょっと待って。あとでちゃんと説明するから」

父さんと母さんは顔を見合わせ、迷うように私を見る。やがて父さんが、大きくうなずいた。

「いいよ。行ってきなさい。でも、十分注意するんだよ。危《あぶな》いことをする気じゃないね？」

「うん。大丈夫《だいじょうぶ》」……だと思う。

「必ず、昼までには帰ってくること」と父さん。

「いきなり、日曜日に、知らないお宅《たく》を訪《たず》ねるんだから、ちゃんとごあいさつして、失礼なことしちゃだめよ」と母さん。

「はい」と返事をしながら私《わたし》は胸《むね》がチクリと痛《いた》んだ。江田《えだ》さんの前に指輪をつきつけ『これ、盗《と》ったのは、あなたですね?』と言うのは、きっと、とっても失礼なことだと思ったから……。

九時半ちょうどに私とケイは、自転車に乗って掲示板《けいじばん》の前を出発した。坂道をビュンビュン下り、商店街をぬけると、そこはもう江《え》ノ木《き》町だ。

「江ノ木町公民館のそばのはずなんだ。もうちょっと西の方」

町なみの中をキョロキョロと見回しながらケイは自転車を走らせている。

「二丁目の一の十だったわよね。ここはまだ、一丁目だわ」

私も電信柱に張ってある住所札を確認《かくにん》しながらケイの後につづく。

十分もそこらを走り回って、やっと江ノ木町公民館を発見した。私もケイも汗《あせ》だくだ。

「もうじきだ。公民館の、すぐ裏《うら》のはずだから」

自転車をちょっととめて、ケイが、ごしごしと額《ひたい》の汗をふいた。

「……で？　なんて言うつもりなんだ？　ピンポン押《お》して江田《えだ》さんが出て来たらさ」

「わかんない……」

私《わたし》も自転車をとめて呼吸《こきゅう》を整える。いよいよ、トム君の家にたどり着くのかと思うと、もう胸《むね》がドキドキし始めていた。

「とにかく、相手の出方を見ないとね」

「ものすげえ、おっかないおっさんだったら、どうする？」

私はビクンとしてケイの顔を見た。ケイの顔も、こわばっている。緊張《きんちょう》しているのだ。だまりこんでしまった私を見て、ケイが真剣《しんけん》な顔でささやいた。

「その時はさ、迷《まよ》わず逃《に》げようぜ。〝燻製《くんせい》、危《あや》うきに近寄《ちかよ》らず〟って言うしさ」

私は、プッと吹《ふ》き出してしまった。

「それって〝君子《くんし》〟でしょ？　燻製じゃ、ハムだよ」

「ああ、そっか」

私たちは気を取り直して、また自転車を走らせた。公民館から二つ先の角を左に折れると、両側に庭つき一戸建てがならぶ通りに出た。

「この中の一軒《けん》だと思う」とケイが言うので、私たちは自転車を降《お》りることにした。自転

車を押《お》しながら通り沿《ぞ》いの家の表札を一軒《けん》一軒、見て回る。のどかな春の日曜日。通りの奥《おく》の家の前にとまった白いセダンには、どこかにお出かけの家族が乗りこもうとしていた。

〝島田《しまだ》〟〝木田《きだ》〟〝荒川《あらかわ》〟……。

私《わたし》が必死に表札をさがしている最中に、突然《とつぜん》ケイが叫《さけ》び声をあげた。

「うわおっ！」

「なに？　あったの？　みつけたの？」

私はあわてて、ケイにたずねる。ケイは、右手を上げて、通りのどこかを指さした。

「あれ……！　あれ、トム君だ！　きっと、そうだ。あれ、トム君だ！」

「ええっ？　どれ？　どこ？」

びっくりした私が、ケイの指さす先をながめると、そこに、あの白いセダンがあった。バッグをかかえた気のよさそうなお母さんと、ジーンズに白いポロを着た小太りのお父さん。小学生らしい男の子が一人。

「うっそぉ！　あれって、あの子のことなの？　あの車のとこにいる？」

ケイが、ガクガクと首をふってうなずく。

「そう！　あの子だ！　大きくなったけど、絶対《ぜったい》にトム君！　おじさんとおばさんの顔も

思い出した。あれはトム君たちだよ！」

「大変……！」

私《わたし》は息をのんだ。三人の家族は白いセダンに乗りこみ、車をスタートさせようとしている。

「どっか行っちゃうわ！　止めなきゃ！」

とっさに私は自転車にまたがった。私につづいてケイも全速力で自転車をこぐ。走り出そうとする車の前に、通せんぼでもするようにかけつけた私たちを見て、小太りのおじさんは運転席でポカンと口を開けた。なんて間の抜《ぬ》けた、人のよさそうな、気のよさそうなおじさんだろう。私の想像《そうぞう》していたサム君とまるっきりちがってる。私は暗い目の、さびしくて、きびしくて、むっつりした……そんなおじさんを想像していた。

目の前に立ちふさがった私たちにクラクションを鳴らそうともせず、江田《えだ》さんは、あわてたように車のウィンドウを下《お》ろした。

ニュッと顔をつき出し、困《こま》ったように私を見る。

「あの……。悪いんだけど、危《あぶ》ないよ。今、車を出すとこなんでね」

私は一つ大きく息をすった。

「江田理《えだおさむ》さんですよね？　私《わたし》、榎本季子《えのもとときこ》っていいます。もと安保雪江《あんぼゆきえ》さんのお屋敷《やしき》だった家に、この前引っ越《こ》してきました。ポオおばさん……いえ、安保雪江さんにたのまれて、来ました。どうしても一つ、伺《うかが》いたいことがあるんです」

江田さんは、さらに大きく、ポカンと口を開けた。

「……だって、君。たのまれたっていっても、安保のおばさんはもう死んじゃってるんだよ。三年前に……」

その時、私の横からケイが、車の中に声をかけた。

「トム君。ぼくのことおぼえてる？　ポオおばさんちのとなりの、丸山啓《まるやまけい》。ポオおばさんちでよく遊んだだろ？　いっしょに、おばさんの作ってくれたクリームソーダ飲んだじゃないか」

バックシートにもたれかかって、今まで浮《う》かない顔をしていたトム君が、ちょっと、ハッとしたようにケイの顔を見るのがわかった。

助手席にすわったおばさんが、落ち着いた声で、サム君に言った。

「あなた、出かけるのは、もうちょっと後にして、家に入って話をしたらどう？」

五分後。私たちは江田さんの家のリビングルームのソファにすわっていた。

そこは、すてきな部屋だった。ポオおばさんの家のリビングみたいに広くはなかったけど、こぢんまりしていて居心地《いごこち》がいい。モスグリーンの布張《ぬのば》りのソファと、若草色《わかくさいろ》のカーペット、窓《まど》にはオレンジとアイボリーのチェックのカーテン。そして、白い壁《かべ》のあちこちには、小さな木の額《がく》ぶちに入ったイイ感じの絵がたくさんかかっていた。

私《わたし》とケイの前にオレンジジュースを出してくれた後、江田《えだ》さんの奥《おく》さんがリビングを出ていったので私はホッとした。これなら、トム君に、いやな話を聞かさなくてすみそうだ。

ケイと私の向かいにすわった江田さんは、奥さんの置いていったアイスコーヒーをすすりながら、落ち着きなく、あちこちを見回している。まるで、どこを見ればいいのかわからないというように……。

「ええと、江本《えもと》さんだったかな？」

「榎本《えのもと》です」と私は訂正《ていせい》した。

「ああ、失礼。それと、ケイ君。……安保《あんぽ》のおばさんのおとなりの丸山《まるやま》さんちの坊《ぼう》やだね？」

「そうです」と、ケイが答えた。

「……それで、君たちは、何かぼくに聞きたいことがあるって言ってたけど？」

いよいよ、話を切り出す時が来た。私《わたし》はジュースのグラスをテーブルの上におき、まっすぐに江田《えだ》さんを見た。

ドキドキ、ドキドキ。心臓《しんぞう》が口から飛び出しそうに騒《さわ》いでいる。まず、何から聞こう？　なんて言えばいいの？

「あの……」

ごくりと息をのんで私は口を開いた。

「私がうかがいたいのは、指輪のことなんです」

言いながら思わずブラウスの胸元《むなもと》に手が行きそうになる。その下にはチェーンに通したポオおばさんの指輪がゆれていた。

「指輪？」

その一言で、江田さんはギクリとしたようだった。

「……ええ」

うなずいて、私は話をつづける。

「〝聖《せい》なる大地〟っていう名前のサファイヤの指輪のことです。ポオおばさんの大事にしていた指輪……。今、どこにあるかご存《ぞん》じですか？」

「いいやぁ」

江田《えだ》さんは大きく首を横にふる。でも、その目は、不安そうに輝《かがや》いていた。

「私《わたし》たち……。その指輪をみつけたんです」

「ええっ⁉」

サム君は、悲鳴みたいな声を出した。

「うそだろう？　なんで今ごろ……。みつけたって、いったいどうやって？　まさか、あの家の中にあったんじゃないよね。あの時、家の中はそこら中さがしたんだよ。だけど……。だけど、どこにもなかったんだ」

私とケイは顔を見合わせた。江田さんは、本当に驚《おどろ》いてるように見えた。本当に、指輪がどこにあったのか知らなかったんだろうか？　もし、これがお芝居《しばい》なら、ものすごく上手なお芝居だ。それ以上、なんて言えばいいのかわからなくなって、私はだまりこんだ。

江田さんが、ヤキモキしたように身を乗り出す。

「……それ、本当に、あの指輪だったのかい？　確《たし》かなんだろうね？　今、どこにあるの？」

また、私は迷《まよ》った。指輪を盗《ぬす》んだ犯人《はんにん》かもしれない人物に、指輪のありかをしゃべって

しまうのは危険《きけん》じゃないだろうか？

「……私《わたし》があずかってます」

今、ここに……とは言わないでおくことにした。江田《えだ》さんは、ぼう然としたように私を見る。

「いったい、どうなってるんだ……。君は、安保《あんぼ》のおばさんのあの家に住んでるって言ってたよね。いったい、どうして、あの指輪のことを知ってるんだ。あの指輪が失《な》くなったのは、もう五年も前なんだよ。それが、今ごろ出てくるなんて……。君が、どうやって指輪をみつけたのか教えてもらえないかな……」

「それは……、だから……、ポオおばさんにさがしてくれってたのまれたんです」

私は思いきって答えた。江田さんが、また、ポカンと口を開ける。それから江田さんは、つかれたように頭をふった。

「なんの話をしてるのかな……。安保のおばさんは、もう亡《な》くなってるんだよ」

「でも、おばさんは、まだ、あの屋敷《やしき》の中にいるんです。信じられないかもしれないけど、私たち、引っ越《こ》してきたその日に、あの家の中で、ポオおばさんの幽霊《ゆうれい》を見ました。幽霊と話をしたんです」

「まさか……。からかわないでくれよ」

江田《えだ》さんは、力なく笑った。

「からかってなんかいません。私《わたし》も、父さんも母さんも、すっごく、びっくりしました。だって、幽霊《ゆうれい》見るのなんて初めてだったし、これから暮《く》らそうとしている家が、幽霊屋敷《やしき》だなんて、ちっとも知りませんでしたから」

江田さんの顔が怒《いか》りで赤らむのがわかった。

「いいかげんにしなさい。そんな作り話、ぼくが信じると思うのか」

「でも、本当なんです」

ケイが横から口を出した。

「近所の人も、みんな言ってます。あの家は、幽霊が出るって……。だから、今まで越《こ》して来た人はみんな、すぐ出てっちゃったんです」

「みんな、出ていった?」

江田さんは、信じられないというように、私とケイの顔を見くらべている。私は、話をつづけた。

「そうです。だって、ポオおばさんは、自分の出す三つの問題にパスできなかったら、あ

の家に住むのをみとめないって。私《わたし》たちにもそう言いました。父さんは、ちゃんと不動産屋と契約《けいやく》してるんだからって、すごくおこったけど、ポオおばさんは、そんなこと、関係ないって相手にしてくれませんでした。それで、私たち結局あきらめて、ポオおばさんのテストに挑戦《ちょうせん》することにしたんです。うそだと思うんなら、父さんと母さんに聞いてくれてもいいわ」

江田《えだ》さんはだまっていた。だまったまま、アイスコーヒーに手を伸《の》ばす。グラスを持つ手が、ブルブルふるえていることに私は気づいた。

「……それで？　君たちは、そのテストにパスしたって言いたいのかい？」

「まだです」

私は答える。

「一問目と、二問目はパスしました。一問目で幽霊《ゆうれい》の名前をあてさせられて……。それが、〝ポオおばさん〟だったんですけど……。それから二問目は宝《たから》さがしでした。ポオおばさんの大切な宝物をみつけてくれって言われて、……それで、この〝聖《せい》なる大地〟っていうサファイヤの指輪をみつけたんです。でも、三問目はまだ、答えがみつかってません。その答えをみつけるために、来たんです」

グラスの中のコーヒーを一気《いっき》に飲《の》み干《ほ》すと、江田《えだ》さんはまた、じっとだまりこんだ。私《わたし》の話を信じようか、どうしようか考えているんだろう。長い、長い、沈黙《ちんもく》。私はお尻《しり》がムズムズするのをがまんして、じっと江田さんが口を開くのを待っていた。

「……三問目の問題っていうのは、なんだったんだい？」

やがて、江田さんが静かに私にたずねた。

「バラバラになってしまったものを、もう一度一つにつなげてほしいって……」

「バラバラになったもの？」

私と江田さんの目がピタリと合う。私は、大きくうなずいた。

「そうです。バラバラになったものっていうのは、ポオおばさんの家族なんだそうです」

江田さんが、ハッと息をのんだ。私はかくしておこうと思っていたことも忘《わす》れて、ブラウスの下から、あのサファイヤの指輪をひっぱり出していた。江田さんが、くい入るようにみつめる前で、私はチェーンをはずし、ポオおばさんの指輪を手の上にぬき取った。

「ポオおばさんは、この指輪が、そのバラバラになった家族を、もう一度つないでくれるはずだって言ってました。これは、そのために必要なミッシング・リングなんだって」

深い海の底のようなサファイヤが、私の手の平の上で輝《かがや》いている。江田さんは、その指

輪をまじまじとみつめ、ふいに、苦しそうに顔をゆがめた。私《わたし》は、指輪をそっとテーブルの上においた。そうすることが一番いい気がしたから……。人の心の中を映《うつ》し出すと言われているサファイヤをのぞいても、私には江田《えだ》さんの心が見えなかった。

うそをついているのか。本当のことを言っているのか。私の話を信じているのか。まだ疑《うたが》っているのか。でも私は、その全《すべ》てを、サファイヤの指輪にまかせることにした。この指輪が、きっと、最後の謎《なぞ》を解《と》いてくれると信じることに決めたのだ。

私はソファから立ち上がった。指輪とサム君を残したまま。

「もう、帰ります」

私が言ったので、ケイもジュースを飲《の》み干《ほ》して、あわてて立ち上がる。

「もし、私の言ったことを信じてくれるんなら、火曜日の夕方、ポオおばさんに会いに来てください。今度、ポオおばさんが姿《すがた》を現《あらわ》すのは火曜日なんです」

江田さんは、ソファにすわったままじっと動かなかった。まだ、サファイヤの指輪をみつめている。

「……さよなら、おじゃましました」

小さな声でそういって、私はリビングルームのドアの方に歩き出した。

「……一つだけ、教えてくれないか……」

江田《えだ》さんが、私《わたし》を呼《よ》びとめた。

「君は、安保《あんぽ》のおばさんにたのまれて、この指輪をみつけ出したって言ったけど、これは、どこにあったんだい？　安保のおばさんは、この指輪のありかを知ってたんだろうか？」

私は足を止め、振《ふ》り返って答えた。

「ポオおばさんの家の近くの公園の、クヌギの木の穴《あな》の中にありました」

「公園の木の穴の中……？」

江田さんは、よくわからないというように、ぼんやりした目で私を見上げている。

「ポオおばさんは、この指輪がどこにあるのか知ってたんだと思います。だって、ヒントをくれましたから……。〝鳥の目のまん中にはえたクヌギの木の穴の中をさがしなさい〟って言ったんです」

ビクンと江田さんの体がゆれた。江田さんは、まるで幽霊《ゆうれい》でも見るような目で、じっと私をみつめていた。

「……鳥の目のまん中にはえたクヌギの中……だって？……まさか、そんな……。そんなことってあるわけがない……」

私《わたし》とケイは顔を見合わせた。いったい何が江田《えだ》さんを、こんなに驚《おどろ》かせてしまったのか、よくわからなかった。

「……帰ってくれ……」

江田さんは、うなるような声で、そう言った。

「もう、たくさんだ。帰ってくれ」

「さよなら」

もう一度あいさつをして、私たちは、リビングを出た。ドアを閉《し》める時に、ちらりと振《ふ》り返ると、テーブルの前で、うなだれている江田さんの姿《すがた》が見えた。テーブルの上のサファイアが、私に目配せでもするように、キラリと光った。

第十章　ミッシング・リング

サム君の家を出た私《わたし》は、ぐったりして、つかれきった気分だった。商店街からつづく長い上り坂。もくもくと重たいペダルをこぐ。

「指輪、盗《と》ったの、やっぱり、江田《えだ》さんじゃなかったのかなぁ……」

少し前を走るケイがひとり言のようにつぶやいた。

「……だって、どこに指輪があったか知らないみたいだったし、ポオおばさんのヒントの言葉を聞いた時、ものすごくびっくりしてたぜ」

私が返事をしないので、ケイは一人でしゃべりつづけている。

「もし、自分が盗ったんだったら〝どこで、みつけたんだ〟なんて聞かないんじゃないかなぁ。それに、どう見ても、泥棒《どろぼう》なんかしそうな人じゃないって思うんだけどなぁ……」

「わかんないわよ」

私《わたし》は、イライラして、ケイの言葉をさえぎった。

「そんなこと。わかんないわ。ただ、とぼけて知らんふりしてたってこともありうるでしょ？　人はみかけによらないんだから」

肩《かた》ごしに私を振《ふ》り返って、ケイはしかめっ面《つら》をしてみせた。

「なんで、そう、悪い方に、悪い方に考えんのかなぁ。人間、素直《すなお》が一番。信じる者は救われるんだぜ」

そりゃあ私だって、江田《えだ》さんを見た時、こんな人が泥棒《どろぼう》をするなんてピンとこないと思った。ケイみたいに、あっさり、江田さんを信じたい気もする。だけど、信じてしまったら、謎《なぞ》の答えは、どうなるんだろ？

どうしてポオおばさんと江田さんたちの一家はバラバラになったのか。指輪が失《な》くなった後、なぜ江田さんたちは、ポオおばさんと縁《えん》を切ってしまったのか。もし江田さんが犯人《はんにん》じゃないとしたら、ポオおばさんの指輪を盗《と》ったのはだれなのか。そして、その指輪が〝バラバラになった家族をつなぐ〟ってポオおばさんが言ったのはどうしてなのか……。

ああ、やっぱり、わからない。江田さんに会えば、謎の答えが手に入ると思っていたのに。ポオおばさんとの約束の火曜日、本当に、全《すべ》ての謎は解《と》けるのかなぁ？　私は、ポオ

おばさんの最後の問題にパスできるんだろうか。

「指輪の力を信じるしかないわ……」

私《わたし》は、おもいっきりペダルをこぎながら、自分に言い聞かせた。

「〝真実の石〟が、私たちに〝真実〟を教えてくれるって信じるしかない……」

ケイは、その日の別《わか》れ際《ぎわ》「火曜日の夕方には、ぼくも行っていいだろ?」と私に聞いた。

「ぼくだって、一ぺんでいいから、ポオおばさんの幽霊《ゆうれい》、見たいんだ。まんざら知らない仲じゃないしね」

ここまで協力してもらって、ことわれるわけがない。ケイにだって、クライマックスに立ち合う権利《けんり》がある……と私は思った。

「いいよ。父さんと母さんに言っとくね。火曜日には、ケイ君も来るって。でも、言っとくけど、あんまり期待しないでね。江田《えだ》さんたちが来るかどうかはわかんないよ。もし、江田さんたちが来なかったら、ポオおばさんだって出て来ないかもしれない……」

〝そしたら、私たちは、この家を出ていかなくちゃいけない〟と言うのはやめにした。せっかく友だちになった丸山啓《まるやまけい》に今、そんなことを言うのはさびしい気がしたから……。

「大丈夫《だいじょうぶ》、大丈夫」

ケイはのんきに笑って、指でVサインをしてみせる。

「きっと、うまくいくって」

「……だといいんだけど……」

私《わたし》とケイはバイバイをして、それぞれの家に帰った。

日曜の夜、父さんは、私と母さんをレストランに連れていってくれた。私は、そのレストランで、ポオおばさんからの三つ目の問題のことと、それまでに起こった出来事を全部、話して聞かせた。

「江田《えだ》さんが犯人《はんにん》だって決めつけるなんて……。なんにも証拠《しょうこ》があるわけじゃないのよ。かんちがいでした……ですむようなことじゃないんですからね」

母さんはやっぱりしぶい顔をした。

「だから、あたし、そんなこと言わなかったよ。指輪を盗《と》ったのは、江田さんですね……なんて一言も言ってないんだから……」

「言わなくたって、疑《うたが》ってれば同じことよ。疑われてるっていうのは、本人には絶対《ぜったい》わかるもんなんだから……」

母さんに言い返されて、私はだまって口をとがらせた。父さんはむずかしい顔をして考

えこんでいたが、目の前に〝和風ステーキ〟が運ばれてくると、ナイフとフォークを動かしながら、やっと口を開いた。

「まぁ、やれるだけのことは、やったよ。ポオおばさんが、あの指輪は最後の謎《なぞ》を解《と》く鍵《かぎ》だって言ったんなら、鍵穴《かぎあな》につっこんでみなくちゃ、ドアは開かないだろう。江田《えだ》さんに指輪のことを話したのは、それでよかったんじゃないか。あとは、その鍵穴に、ぴったり鍵が合ったかどうかだな。……火曜日、江田さんが、うちに来るかどうか……。結果はその時のお楽しみっていうわけだ」

父さんは、そう言うと、モリモリとステーキを食べ始めた。私《わたし》は、チラリと上目づかいに、父さんと母さんを見た。

「……、もし、鍵が合わなくって、謎が解けなかったら……。そしたら、あの家を出て行かなくちゃいけなくなるよね」

母さんがエビフライを切りかけていたナイフを止めて、私を見る。でも母さんが何か言いかけるより早く、父さんが口を開いた。

「大丈夫《だいじょうぶ》。大丈夫。きっとうまくいくさ。もし出て行くことになったら、その時はその時。幽霊屋敷《ゆうれいやしき》とおサラバできるんだからね。それは、それで、いいじゃないか」

私《わたし》と母さんは、すばやく目配せをして、思わず笑いをかみ殺した。父さんにかかると、どんなことも、うまくいきそうな気がしてくる。父さんと丸山啓《まるやまけい》って、ちょっぴり似《に》てるな……と思って、私はおかしくなった。

最後の謎《なぞ》が解《と》けるかどうかわかるのは、火曜日。私は、鍵穴《かぎあな》に鍵をさし込《こ》んだ。謎の扉《とびら》は開いてくれるだろうか？

私はその夜、神様と、ポオおばさんの幽霊《ゆうれい》にこっそりお祈《いの》りをしてから眠《ねむ》った。

「どうぞ、全《すべ》ての謎が解けますように！」

月曜は何事もなく過《す》ぎ、火曜日の朝がやってきた。会社に出かける父さんを、母さんと私が玄関《げんかん》まで送って出た時、リビングで電話が鳴り始めた。

「……いやだわ、こんな朝早くに、だれからかしら……」

母さんは、あわててリビングにかけこんでいく。父さんと私は、いったいだれからの電話だろうか……と、玄関で耳をすませていた。

すぐに、リビングのドアを開けて、母さんが顔を出した。

「あなた……。江田理《えだおさむ》さんからお電話よ。きょう、夕方六時ごろに、伺《うかが》いたいんだけど……って……」

「やった!!」

私《わたし》は、小さく叫《さけ》んだ。父さんが、はきかけていた靴《くつ》をぬいで、電話を取りにリビングにもどる。

「もしもし、榎本《えのもと》です。どうも、はじめまして」

よく響《ひび》く父さんの声を、私はリビングの入り口でじっと聞いていた。

「……いえいえ、こちらこそ。先日は娘《むすめ》がいきなり、お宅《たく》に伺《うかが》ったようで、失礼しました。……いや、迷惑《めいわく》だなんて、とんでもない。ぼくもぜひ一度、江田《えだ》さんにお目にかかって、お話ししたかったんです。……その……つまり……亡《な》くなった安保《あんぽ》さんのことについて、いろいろと……。……ええ、もちろん結構《けっこう》です。六時で構《かま》いません。ぼくもきょうは、早めに、家に帰るようにしますんで……」

〝では、お待ちしています……〟と言って父さんが電話を切ると、今度こそ私は、大声で叫んで飛び上がった。

「やった!! 江田さんが来るのね!! これで、謎《なぞ》が解《と》けるよね!!」

「まだ、わからないわよ。どういうお話をしにいらっしゃるのか、わからないんですからね」

母さんは、あくまで慎重《しんちょう》だ。だけど私《わたし》は、鍵穴《かぎあな》にさし込《こ》んだ鍵がカチリと回ったんだと思った。あとは、その扉《とびら》が開くのを待つばかり。扉の向こうには、何があるんだろう。夕方までの時間が、とてつもなく長い気がして私はうんざりだった。ビデオみたいに、時間も早送りできたらいいのに！

父さんは「早く帰るから」と言って、会社に出発していった。あとはただ、ダラダラとつづく、たいくつな時間があるばかり。その時間をつぶす間中、私は、何十通りもの謎《なぞ》の答えを頭の中で組み立て、いじくりまわした。

五時四十分、父さんが帰って来た。五時四十七分インターホンが鳴る。

江田《えだ》さんが来たのかと思って飛び出していったら、門の前に立っていたのは丸山啓《まるやまけい》だった。江田さんからの連絡《れんらく》の後、ケイにも電話をかけておいたのをすっかり忘《わす》れていた。

はりきって玄関《げんかん》に出て行った私たち一家を見て、ケイが照れくさそうに頭を下げる。

「こんにちは。お言葉に甘《あま》えて、おじゃまします」

「……あれ……、いや、丸山……ケイ君だったよね。今回のことでは、いろいろお世話になっちゃって……。まあ、どうぞ、どうぞ」

父さんがおとなにするような、固苦しいあいさつをして、ケイを家の中に招《まね》き入れた。

ケイと私《わたし》と父さんと母さん……。私たちは四人そろって、リビングのソファに腰《こし》を下ろし、イライラ、ドキドキしながら、ひたすら時計の針《はり》が進むのを待った。

六時……。まだ、サム君は来ない。六時六分、家の外で車のとまる音がした。

ハッとして、母さんが腰を浮《う》かす。バタンと、車のドアの閉《し》まる音。

そして、インターホンのチャイムが鳴った。父さんと母さんと私と、それからケイまでもが、あわてて、玄関《げんかん》に飛び出す。ドアを開けて表を見ると、門の前に、江田《えだ》さんが立っていた。でも、きょうは、江田さん一人だけじゃない。奥《おく》さんの紀子《のりこ》さんと、トム君まで一緒《いっしょ》にいるのを見て、私は、ぎょっとしてしまった。

「こんにちは。突然《とつぜん》すみません。けさほど、お電話いたしました江田です」

母さんが急いで、あと二人分のスリッパを出し、江田さん一家は、ゾロゾロと家の中へ入ってきた。

玄関で靴《くつ》をぬぐ時、トム君と一瞬《いっしゅん》、目が合った。江田さんによく似《に》た、ちょっとぽっちゃりしたおとなしそうな男の子。一才年下のはずだけど、体は私より大きそうだった。

私の視線《しせん》に気づいたトム君は、なんだかオドオドした様子で目をそらせて、玄関にぬいだ運動靴を二つ、きっちりそろえた。

リビングのソファはギュウギュウなので、私《わたし》とケイは、カーペットの上にすわることにした。七人分のお茶を運んで来た母さんが、父さんのとなりに腰《こし》を下ろすと、まずは、かしこまった自己紹介《じこしょうかい》。父さんと江田《えだ》さんが名刺《めいし》を交換《こうかん》している。早く、話を始めればいいのに。

「デザイン関係の事務所《じむしょ》にお勤《つと》めですか」

江田さんの名刺を見た父さんが言っている。

「ええ。もとは、美術書《びじゅつしょ》の出版《しゅっぱん》をやってたんですが、会社がつぶれてしまいましてね」

じゃあ結局、江田さんの会社はつぶれちゃったんだ。つれづれ屋のおばさんは、会社の経営《けいえい》が苦しくて、サム君はお金に困《こま》ってたって言ってた。……江田さんは、盗《ぬす》んだ指輪を売って、どうして、お金を作らなかったんだろう……。

短い沈黙《ちんもく》のあと、話を切り出したのはサム君の方だった。

「……あのう……、きょうは皆《みな》さんに、お礼とお侘《わ》びを申し上げたくて、こうして、家族そろって伺《うかが》いました。いろいろ、ご迷惑《めいわく》をおかけしてしまったようで、本当に申《もう》し訳《わけ》ありません」

父さんは驚《おどろ》いたように江田さんを見ている。

「先日、おじょうさんが家にみえて、この指輪をあずかっているっておっしゃったんです」

江田《えだ》さんが上着のポケットの中から小さなビロードの宝石箱《ほうせきばこ》を取り出した。パカンとフタを開けると、黒いビロードの台座《だいざ》の上に、あのサファイヤの指輪が輝《かがや》いていた。

私《わたし》は、ごくりと息をのみ、輝くサファイヤをみつめた。江田さんが話しつづける。

「この指輪は、亡《な》くなった伯母《おば》が大切にしていたもので、実は、今から五年ほど前、盗難《とうなん》にあったんだと言われていました。七十才の古希《こき》を祝う、伯母の誕生《たんじょう》パーティの最中に、この屋敷《やしき》の中から失くなり、それっきりどこへ行ったのか、今までだれにもわからなかったんです」

江田さんは言葉を切って、一口お茶をのんだ。

「もし、この前、おじょうさんが持って来てくれなかったら、真相は永久《えいきゅう》にわからなかったでしょう。おじょうさんが、この指輪を〝鳥の目のまん中にはえたクヌギの木の穴《あな》の中〟からみつけたとおっしゃった時、ぼくにも初めて、五年前の事件《じけん》の真実がわかったんです」

江田さんと紀子《のりこ》さんにはさまれてソファにすわっているトム君が長い話にたいくつした

のか、もじもじと体をゆすっている。江田《えだ》さんは構《かま》わず話しつづけた。

「あの日伯母《おば》は、二階の寝室《しんしつ》で、この指輪をはずしました。デザートの準備《じゅんび》をしに台所へ行く間の十分かそこら、指輪がじゃまだったので、わざわざ金庫までしまいに行かなかったんです」

紀子《のりこ》さんが初めて口をはさんだ。

「〝そんなとこに置いておいて、大丈夫《だいじょうぶ》ですか？〟って言ったんだけど、安保《あんぽ》のおばさんは笑って、その指輪を、からっぽの花びんの中にかくしたんです。〝大丈夫よ。ここなら、だれにもわからないでしょ？〟って……」

「その時の様子を見ていたのは、ぼくたち三人だけでした。二階には、ぼくらと伯母しかいなかったんです。それなのに、指輪が失《な》くなってしまった……」

江田さんは言葉を切って、私《わたし》たちを見回した。

「運が悪かったんですね。あのころ、ちょうどぼくはお金に困《こま》っていましたし、そのうえ、もう一つ。美術書《びじゅつしょ》の仕事で知りあったコレクターの知人から、安保のおばさんの指輪をぜひゆずってほしいとたのまれていたんです。ぼくは、その知人の申し出をいったんはことわったんですがね。あんまり、しつこくたのまれるんで、一応《いちおう》、話だけはしてみると言

っていました。そして、あのパーティの日、伯母《おば》がひさしぶりに指輪をつけたのを見て、その知人のことを、ちょうど話したところだったんですよ。これじゃあ、疑《うたが》うなって方が無理だ」

サム君は、悲しそうな笑いを浮《う》かべた。

「安保《あんぽ》の伯母が、ぼくのことを疑っているのはすぐにわかりました。そういう気配っていうのは、口に出されなくても、疑われてる本人には、ピンときますからね……」

私《わたし》は思わず身をすくめ、チラッと母さんの方を見た。〝ほらね〟というように母さんがそっと私をにらむ。

「……でも、伯母は〝おまえが盗《と》ったんだろう〟とは一言も言いませんでした。でも、かえってそれが、まずかったんです。はっきり言われれば、ぼくも〝ちがう〟と言えたんでしょうが、何も言われずに、ただ疑われている……というのはつらいものです。伯母は、指輪の盗難《とうなん》を警察《けいさつ》にさえ届《とど》けませんでした。ぼくが犯人《はんにん》だと思っていたからです……。ぼくに対する伯母の思いやりということでしょうね。結局、ぼくには申しひらきをするきっかけも、言《い》い訳《わけ》をするチャンスもありませんでした。パーティには伯母の会社関係の人たちも来ていたんですがその人たちから〝もう、きょうは、帰ってくれ〟と言われました。

その人たちも、伯母《おば》の疑《うたが》いを感じ取っていただろうと思います。指輪泥棒《どろぼう》は、とっとと出て行け……というわけです。ぼくは、ショックでした。伯母がぼくを信じてくれなかったこと……。そのせいで、他人までがぼくのことを泥棒だと思ってしまったこと……」

江田《えだ》さんの口から、大きなため息がもれた。

「その日から、ぼくが、安保《あんぼ》の伯母に会うことは二度とありませんでした。疑われていると思うと、ぼくは伯母の前に行くことができなかったんです。伯母は、やさしい人でした。きっとぼくが会いに行けば何事もなかったように、ぼくを迎《むか》えてくれたかもしれません。でも、そんなこと、がまんできますか？　泥棒だと思われて、疑われたまま、にこにこ笑って知らん顔をするなんて……。伯母が病気で入院した時にも、伯母が亡《な》くなったと聞いた時にも、ぼくは伯母に会いに行くことができませんでした。それまで連絡《れんらく》もしないでおいて、伯母が亡くなったとたん急に顔を出したりすれば、また変に疑われるかもしれないと思って、こわかったんです。……つまり、伯母の財産《ざいさん》めあてにやって来たなんて言われるんじゃないかとね……」

父さんと母さんと私《わたし》とケイは、江田さんの話をだまって聞いていた。父さんが、話し終えた江田さんをみつめて口を開いた。

「よくわかりますよ。お気持ちはね……。疑《うたが》ってるくせに、おとがめ無し。質問《しつもん》も無し。……それじゃあ、かえって息苦しいばっかりだ。だまって責《せ》められてるようなもんですもんね。それは、伯母《おば》さんが悪い。断然《だんぜん》、悪いですよ」

私《わたし》は父さんの言葉を聞いてポオおばさんがあばれ出すんじゃないかとハラハラした。だけど、スミレ色の夕闇《ゆうやみ》が広がり始めた部屋の中は静まっている。

江田《えだ》さんが、父さんに笑いかけた。

「いや……。今、考えるとね、ぼくも悪かったんです。伯母に甘《あま》えてました。ただ腹《はら》を立ててるだけで自分から伯母に言《い》い訳《わけ》をしようとしなかったんですからね。あの時、ぼくがもっと、ちゃんと、伯母と話をしていれば、真相は、すぐにわかったかもしれないんです。それなのに、おたがいだまりこんで、ただ時間だけが過《す》ぎてしまって……。それで、こんなに長い間に、何もかもが、こじれにこじれてしまったんですよ」

父さんが、ちょっと身をのり出すのがわかった。テーブルをはさんで、父さんと江田さんの視線《しせん》がぶつかる。

「……その真相というのを、聞かせていただけますか？　江田さんは、もう、真相をつかんだっておっしゃいましたね」

「ええ……。この前、おじょうさんと話をして、この指輪を目の前にさし出されて、やっとわかりました」

「犯人《はんにん》が……わかったんですね？」

父さんの言葉に、江田《えだ》さんは、チラリとトム君の方を見てうなずいた。

「そうです。もっと早く気づくべきでした。あの時、努《つとむ》が、ポオおばさんの指輪を持ち出したんだって……」

「ええっ⁉」

私《わたし》たち全員が同時に声をあげた。みんなの視線《しせん》がトム君に集まる。トム君は不安気に身をよじり、となりにすわったお母さんのかげにそっとかくれようとした。お母さんの紀子《のりこ》さんは息子《むすこ》の体をひき寄《よ》せ、私たちの方に、しっかりと顔を上げた。

「この子が悪いんじゃないんです。私が、もっと注意してればよかったのに……。あのころ、努は、まだ五才で、おばさんの指輪が、そんなに高価《こうか》なものだなんて、全然、知らなかったんです……」

母さんが、やさしい声で、トム君にしゃべりかけた。

「いたずらしたのね。おばさんの宝物《たからもの》を、ちょっとかくしちゃおうって、思ったの？」

トム君は、キョロキョロと私《わたし》たちを見回し、かすかに、こくんとうなずいた。

私は、信じられない気持ちでトム君にたずねた。

「じゃあ、あの指輪を、公園の木の穴《あな》の中に入れたのは、トム君なの？」

もう一度、トム君がうなずく。大きくひと息吸《す》いこんで、また江田《えだ》さんが静かにしゃべり始めた。

「〝鳥の目のまん中のクヌギの木〟って聞いた時、すぐわかりました。あそこは、努《つとむ》のお気に入りの宝《たから》のかくし場所だったんです。あの公園のことを〝鳥の目の公園〟って言い出したのも努です。町内地図で、あの公園をみつけた時〝鳥の目だ、鳥の目の公園だ〟って言って、安保《あんぼ》の伯母《おば》をおもしろがらせたんです。それ以来、努と伯母との間ではいつも、あの公園は〝鳥の目の公園〟で通ってました。努は、よく伯母に、あの公園に連れていってもらっていました。あそこで、ブランコに乗ったり、スベリ台をしたり……。それから、伯母と宝さがしごっこをするのが大好きでした。宝さがしの時には、ビー玉だとか、ジュースの王冠《おうかん》なんかを公園のクヌギの木の穴《あな》の中にかくすんです。木の穴は小さくっておとなの手はつっかえてしまって奥《おく》まで届《とど》きません。努は、まだ小さかったから穴に腕《うで》がつかえなかったんでしょうね。あの穴の中に宝物をかくせば、自分にしか取り出せないことを

努《つとむ》は、よく知ってたんだと思います」

私《わたし》とケイは顔を見合わせた。あの指輪を取り出す時、腕《うで》が届《とど》かなくって苦労したことを思い出していたのだ。

「あのパーティの日、努は大勢《おおぜい》のお客の中でずっと退屈《たいくつ》してました。せっかく大好きな、伯母《おば》の家に来てるのに、いつもみたいに伯母が遊んでくれないもんで、つまらなくなっちゃったんでしょう。ぼくと紀子《のりこ》は、ぐずり出した努をいったん二階に連れて上がりました。伯母が寝室《しんしつ》で指輪をはずした時、ぼくたち三人が二階に居合《いあ》わせたのは、そのせいなんです。〝トム君。おばちゃんは、きょうは一緒《いっしょ》にトム君と遊べないのよ。今度、公園に行きましょうね〟って伯母は、グズグズ言ってる努に言いました。それでもこの子は〝この前来た時も、今度、公園に行くって約束したのに〟って言って泣き出しましてね、それで結局、夕飯までの間、紀子が努を三十分ほど、例の、鳥の目の公園に連れていくことになったんです。伯母とぼくと、紀子と努は四人そろって下に降《お》りて、努は紀子に連れられてそのまま公園に出かけていきました。

指輪が失《な》くなったのは、その後でした。……というより、指輪が失くなったって伯母が気づいて、騒《さわ》ぎになったのは、努たちが公園に出かけて行った後だったたんです。だからぼ

くも、伯母《おば》も、頭っから、努《つとむ》が指輪を持ち出しているなんて考えもしなかったんですよ。ぼくたちと伯母は、一緒《いっしょ》に二階から降《お》りて来たわけですから。当然、指輪を盗《と》られたのは、それから後だろうって……。公園に行っていた努には関係ないってね。

でも実際《じっさい》には、二階から降りて来る時、努はもう、花びんの中から、あの指輪を取り出して持っていたんです。考えてみると、ほんの一、二分、努を寝室《しんしつ》の中に一人にした時間がありました。一人にしたって言ったって、ぼくたちおとな三人は寝室の戸口に立って、努に背《せ》を向け〝どうしよう？〟って相談してただけなんですけどね。〝トム君、泣きやみそうにないわねぇ〟なんていうことを話してる間に、努は、おとなの目を盗《ぬす》んで、さっさと指輪をポケットに入れてしまってたんですよ」

紀子《のりこ》さんの目に涙《なみだ》があふれそうになるのがわかった。

「私《わたし》が、悪かったんです。もっと注意してればよかったのに、気がつかなくって……。それに、公園から帰ってきて、指輪が失《な》くなったって聞いた時、一言、努に〝あなた、知らないの？〟って確《たし》かめればよかったんです。そしたら、きっと努は〝公園の木にかくした〟って言ったはずです。そうすれば、あの時、安保《あんぽ》のおばさんにあやまって、指輪を取りに行って、それで、何もかも片《かた》づいていたはずなのに……。それなのに、私は、指輪が

無いって聞いて、あわててしまって……。主人が疑《うたが》われる、主人が盗《と》ったって思われる。どうしようって、それぱっかり考えてました」

江田《えだ》さんが紀子《のりこ》さんをかばうように口をはさむ。

「それは、ぼくだって同じですよ。自分の心配ばっかりして、努《つとむ》のことなんて考えてもいなかった。努と紀子は関係ないと思ってたんで二人を、先に家に帰してしまったんですよ。努もぼくと同じだったんです。言《い》い訳《わけ》のチャンスも、本当のことを説明するチャンスも無いまま、長い間、大きな秘密《ひみつ》をかかえることになってしまったわけです」

母さんが、静かにため息をついた。

「ほんのちょっとした、行きちがいだったのにねぇ。それが、そんな大事《おおごと》になってしまうなんて……。だれが悪いわけでもないのに……」

私《わたし》にも、パーティの日の真相がやっとのみこめた。退屈《たいくつ》していたトム君は、ポオおばさんの指輪をポケットに入れ、公園に出かけて行って、クヌギの木の穴《あな》の中にかくしてしまったのだ。きっと、後から、おばさんを誘《さそ》って宝《たから》さがしをしてもらうつもりだったのかもしれない。おとなたちが騒《さわ》ぎ始めて、わけのわからないまま、家に連れて帰られ、それっきりトム君は、自分のしたことを話すチャンスを失ってしまった。時間がたてばたつほど、

そういうことって、言い出せないもの……。その気持ちは私《わたし》にもよくわかる。

父さんが腕《うで》を組んで首をかしげた。

「それにしても、その指輪のかくし場所を、どうしてポオおばさんは知ってたのかなぁ……。ぼくらに〝鳥の目のまん中にはえたクヌギの木をさがせ〟って言ったのは、ポオおばさんなんですよ。おばさんは、亡《な》くなる前に真相に気づいたんでしょうかね？」

その時初めてトム君が口を開いた。小さなかすれるような声は、やっと聞き取れるほど、たよりなかった。

「ぼくが、ポオおばさんに手紙を書いたんです。入院した時、病院の人の所に持って行って届《とど》けてもらったんです。ぼくが指輪をかくしたこと、ちゃんと書いて、ごめんなさいって書いたんだけど……。でも、おばさん、返事、くれなかったから……」

私たち四人はたがいに顔を見合わせ、やっとナルホドとうなずき合った。

江田《えだ》さんが、そんな私たちをじっと見ている。やがて江田さんは、おずおずと父さんにたずねた。

「……今度は、こちらから一つ伺《うかが》いたいんですが……。榎本《えのもと》さんは、いったいどうして、この指輪の件《けん》をご存《ぞん》じだったんですか？　まさか幽霊《ゆうれい》だなんて、そんなことはないでしょ

う？　伯母《おば》とはどんなお知り合いだったんですか？　きょうのことは、生前の伯母が、お願いしたんじゃないんですか？」

父さんは、きょとんとして、江田《えだ》さんを見返した。〝どんなお知り合い〟と言われても困《こま》ってしまう。だって、私《わたし》たちは、本当に、幽霊《ゆうれい》のポオおばさんしか知らないんだから……。

「……いや、それが……ですね。知り合いっていうか、なんていうか。いきなり出て来たっていうのかな……。だから、つまり……」

シドロモドロに父さんが説明し始めた時、突然《とつぜん》、リビングのカーテンが、ふわりと大きくゆらめくのが見えた。

第十一章　最後の答え

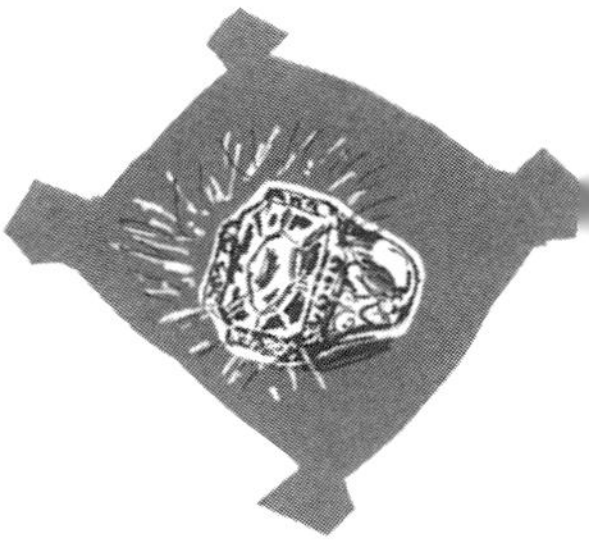

「来たよ」

私《わたし》は、す早くケイにささやいた。

「え？　どこ？　どこに？」

ケイは、あわてて、リビング中をキョロキョロ見回している。江田《えだ》さん一家も、不思議な気配に気づいたようだった。そわそわとあたりに目を配る。

私と父さんと母さんには、もうわかっていた。夕暮《ゆうぐ》れの闇《やみ》が、カーテンの前に集まってくる。うっすらとした人間の輪かくが、その影《かげ》の中に浮《う》かび上がる。その輪かくが、少しずつ、はっきりしてくると、そこには見なれた幽霊《ゆうれい》が姿《すがた》を現《あらわ》していた。

「……ポオおばさん……」

私は、呼《よ》びかけた。

「おばさん……」

「安保《あんぽ》のおばさま……」

「ポオおばさんだ……」

サム君と紀子《のりこ》さんとトム君が、口ぐちにつぶやくのが聞こえる。

「こんばんは」

ポオおばさんが言った。静かな落ちついた声で、リビングのみんなにあいさつをすると、ポオおばさんは、やさしい目を、まずトム君に向けた。それから、江田《えだ》さんと紀子さんを順番にみつめ、最後に、じっと私《わたし》の顔を見た。

「まず、あなたにお礼を言わなくちゃね。本当にありがとう。あなたなら、きっと全《すべ》ての謎《なぞ》を解《と》いてくれるだろうって思ってたわ」

「……まさか……こんなことって……。これは……、これは……、夢《ゆめ》じゃないのか？」

江田さんが、ぶつぶつひとり言を言っている。

「すっげえ。本物の幽霊《ゆうれい》だ。スケスケだぁ」

ケイが興奮《こうふん》した声でささやいたので、私はケイの横っ腹《ぱら》をこづいた。

江田さんが、ソファから、ふらふらと立ち上がった。江田さんとポオおばさんは、しば

らくじっとおたがいの顔をみつめ合っていた。

「……どうして？　なぜ、今ごろ、出てらしたんです？　ぼくのこと……、ぼくたちのことを、うらんでるんですか？」

江田《えだ》さんが、家族を守ろうとするように、一歩前にふみ出す。まっ青《さお》な顔の紀子《のりこ》さんが、トム君の体をぎゅっと抱《だ》きしめようとした。その時、トム君が、お母さんの手を振《ふ》りほどいて立ち上がった。

「ポオおばさん！　ごめんなさい！　ぼくが悪いんです。お父さんも、お母さんも、おばさんのことをきらいになったんじゃないよ。おばさんが病気になった時だって、すごく心配してたし、死んじゃった時は、泣いてたんだよ。ぼくも……ぼくも、悲しかった……。本当は、ずっと、おばさんに、ごめんなさいって言おうって思ってたから……。おばさんが入院してた時、ぼく、あやまりに行ったんだ。でも、病院の人に、会えないって言われたから、手紙をわたしてもらったんだよ。おばさん、手紙、読んだでしょ、どうして返事、くれなかったの？　ぼくのこと、うらんでるの？　ぼくのせいで、みんながけんかしちゃったから、ゆるしてもらえないの？　だけどぼくは、みんなを困《こま》らせようと思ったわけじゃない！　ただ、ポオおばさんとまた、宝《たから》さがしごっこがしたかったんだ。……だから、

大事なものをかくしたら、おばさんがさがしてくれると思って……。……ごめんなさい……」

トム君の最後の言葉は、消えてしまいそうにかすれていた。

ポオおばさんが笑った。静かで、かすかで、さびしそうな笑顔《えがお》だった。

「トム君、ごめんね。お返事、書けなくて。あの時、おばさんは、病気がひどくって、もうお手紙、書けなかったのよ。でも、だれかにあなたへのことづてをたのむわけにもいかないと思ったの。そんなことをして、だれかが、あなたのしたことを知ったら、あなたがひどい目に会うかもしれないでしょ。だから、あなたの手紙はだれにもみられないように捨《す》ててしまったの。どれだけ、あなたに伝えたかったたか……。おばさんは、もう、おこってないのよって……。おばさんは今も、トム君が大好きよって……」

トム君が泣き出した。しゃくりあげるようにはなをすすっている。私《わたし》も胸《むね》が痛《いた》くなって、鼻の奥《おく》がツンとしてしまった。

ポオおばさんは、泣いているトム君から目を上げ、トム君の前に立っている江田《えだ》さんをみつめた。

「……あなたにも、あやまりたかったの。トム君の手紙を見て、やっと真相がわかった時、

私《わたし》は、ものすごくはずかしかったわ。あなたが犯人《はんにん》だと思ってたわけじゃないのよ。……いえ、犯人だなんて思ってないって、自分をごまかしてたのね。でも本当は、心のどこかで、あなたが指輪を盗《と》ったんだったらどうしようって思ってたんだわ。本当のことを知るのがこわくって警察《けいさつ》にも指輪の盗難《とうなん》を届《とど》けなかった。それが、どんなに、あなたを傷《きず》つけてるかも考えずにね。本当にごめんなさい。私は、自分が、こんなに弱いとは思ってなかった。息子《むすこ》みたいに思ってたあなたを、いざという時信じられないなんて、まったく、いやになってしまう。とりかえしのつかないことをしてしまったわ」

江田《えだ》さんは、驚《おどろ》いたように、ポオおばさんの幽霊《ゆうれい》を見ていた。

私は、その時、ふとテーブルの上に置かれた、ビロードの宝石箱《ほうせきばこ》に、目を吸《す》い寄《よ》せられた。〝真実の石〟は、部屋を包む夕闇《ゆうやみ》の中で、電灯《でんとう》の光をうけいつもよりずっと青く、ずっと暗く輝《かがや》いている。江田さんはまだ動かない。まだ、おこってるんだろうか？　ポオおばさんのこと、ゆるせないと思ってるんだろうか？　私が、身をかがめ、真実の石をのぞきこもうとした時、やっと江田さんが口を開いた。

「……ぼくは……ぼくは、ずっと、あの指輪がどうなったのか考えてました。五年間、いつもです。忘《わす》れようと思っても、なんかの拍子《ひょうし》に思い出すんです。ぼくが、あの事件《じけん》の

ことを、どう考えてたかわかりますか？　ぼくは、おばさんが指輪をかくしてたんじゃないかと思ってたんですよ」

部屋中のみんながいっせいに息をのんだ。ただじっと、静かに、動かずにいるのは、ポオおばさんと江田《えだ》さんだけだった。

「会社がうまくいかなくって、しょっちゅう、お金を借りにくるぼくのことがやっかいになって、おばさんは、あの日、ひと芝居《しばい》うったんじゃないかって考えたわけです。ぼくを指輪泥棒《どろぼう》に仕立て上げて、やっかいばらいするために」

「……あなた……」

紀子《のりこ》さんが驚《おどろ》いたように顔を上げ、ソファを立って、サム君のそばに歩《あゆ》み寄《よ》った。

「そんなこと、一言も言わなかったのに……。そんなこと、考えてたなんて……」

江田さんは肩《かた》をゆらして、クスリと笑った。

「おばさん、疑《うたが》ってたのは、ぼくの方なんです。おばさんを信じられなかったのは、ぼくなんですよ。あんなにかわいがってもらってたのにね。ぼくがもし、おばさんのことを信じてれば、あの時、おばさんにはっきり言ってたはずです。〝指輪を盗《と》ったのはぼくじゃない〟って。だけど、そんなこと、自分から言い出せばかえってあやしまれるんじゃな

いか……。言《い》い訳《わけ》だと思って、余計《よけい》に疑《うたが》われるんじゃないかってこわかったんですよ。おばさん、すみません。あやまらないといけないのはぼくの方です。どうも、本当に、すみませんでした」

そう言って、江田《えだ》さんは、深ぶかとポオおばさんに頭を下げた。

〝言い伝えは本当なんだ〟と私《わたし》は思った。このサファイアは、人の心を映《うつ》し出してしまう。どんなにかくしても、どんなにごまかしても、心の奥《おく》にしまった、その人の思いを全部、照らし出してしまうんだ。急にこわくなって、私は青いサファイヤから目をそらした。

ポオおばさんの声が聞こえた。

「……サム君、ありがとう」

見上げると、ポオおばさんは、ほほえんでいた。

「私には、二つ、しなくてはならないことがあったの。そのために、ここにとどまっていたのよ。他に行く所がありませんでしたからね。

まず、その一つ目は、トム君をゆるすこと。トム君のこと、おこっていないって伝えたかったの。それを伝えられないままだと、トム君は一生、苦しい思いをしなくてはならないでしょう?

そして、二つ目は、サム君にあやまること。サム君を疑《うたが》ったのは、私《わたし》のまちがいだって伝えたかったのよ。私が、サム君を疑ったまま死んでしまったんだと思われるのは、どうしても、がまんできなかったの」

江田《えだ》さん……、トム君のお父さんのサム君が、泣きそうに、顔をゆがめた。

「家に、出て来てくれればよかったのに……」

すると、私の父さんまでが一緒《いっしょ》になってうなずいた。

「そうですね。できたら、そうしてもらった方が、話は早かったですよね」

「それは、できなかったのよ」

ポオおばさんが静かに首をふる。

「だって、つながっていたはずの、あなたたちとの鎖《くさり》は、五年前にちぎれてしまっていたから……。だから、あなたたちの家は、私にとって、とっても遠くて、行くことのできない場所だったの。

だけど、今、やっと、ミッシング・リングが、その鎖をつないでくれたわ」

ポオおばさんの目が私を見た。

「あなたが、私を助けてくれたのよ」

それから、おばさんは、私《わたし》の横にすわっているケイのことを見た。

「あなたのこと、覚えてますよ。クリームソーダが好きだった、ケイ君よね。謎解《なぞと》きを手伝ってくれて、ありがとう」

ケイは、たちまちうれしそうな顔になって、クシャクシャと頭をかいた。

「いやぁ、幽霊《ゆうれい》に覚えててもらえるなんて、光栄です」

私はまたそっと、ケイの脇腹《わきばら》をこづいた。

その次に、ポオおばさんが見たのは、私の父さんと母さんだった。

「あなたたちにも、お礼を言わせてくださいね。それに、こんなやっかいごとにまきこんでしまって、ごめんなさい。あなたたちは、私の出す三つの問題に、全《すべ》てパスしました。もちろん、試験は合格《ごうかく》です。

あなた方みたいな家族が、私のこの家に住んでくれることになってうれしいわ」

父さんと母さんは、二人で顔を見合わせ、にっこりと笑い交《か》わした。

「さあ、これで、私は還《かえ》ります。自分の還るべき所に」

「ポオおばさん……」

トム君がべそをかきながら、ポオおばさんの方に足をふみ出した。

「トム君。約束、守れなくってごめんね。また、宝《たから》さがししようって言ったのに……。だけど忘《わす》れないで。私《わたし》は、いつでも、あなたのことが大好きだって。いつも、あなたやお父さんやお母さんのこと、見守っていますからね」

ポオおばさんの姿《すがた》が、かすみ始めている。深まり始めた闇《やみ》の中に、溶《と》けこんでいく。輪かくがぼやけ、影《かげ》がゆらぎ、そして、とうとう、ポオおばさんは消えてしまった。

ワッと泣き出したトム君を、サム君と紀子《のりこ》さんが抱《だ》きしめた。夕暮《ゆうぐ》れの風が、カーテンをゆらす。まるでそれは、ポオおばさんの、サヨナラの合図みたいだった。

私たち一家は、結局、ポオおばさんの屋敷《やしき》に住みつづけることになった。ポオおばさんの幽霊《ゆうれい》が現《あらわ》れなくなった私たちの家には、その代わりにこのごろ、トム君たちの一家が時どき遊びに来るようになった。あれ以来、父さんと江田《えだ》さんはすっかり仲良しになったみたいだ。

江田さんは、あのポオおばさんのサファイアの指輪を博物館に寄付《きふ》したらしい。それでよかったのかどうか、私にはわからない。あの指輪は江田さんたちの一家にわざわいをもたらしたけど、でも最後には、ちゃんとハッピーエンドを届《とど》けてくれた。とぎれてしまっ

た家族の鎖《くさり》をつなぐミッシング・リングを、サム君が手放してしまったのは少し残念な気がしたのだ。

でも母さんは「もう、あの指輪がなくっても、鎖が切れちゃうことはないのよ」と言っている。それは確《たし》かに、そうなのかもしれない。

もうじき春休みが終わる。新しい学校のことを考えると、私《わたし》の左手の親指は、時どき、シクシクとうずき始める。でも、私は前ほど、この親指のジンクスが気にならなくなってしまった。

だって、とんでもない幽霊屋敷《ゆうれいやしき》だと思っていたこの家が、今は、大好きなわが家になってしまったように、わざわいの後ろには幸運がかくれているって、わかったから……。

この春休み、私は一つ、かしこくなった。

親指がうずこうが、うずくまいが、歩き出したら歩きつづけていかなくちゃいけないっていうことを、私は学んだのだ。

本作は『幽霊屋敷貸します』（二〇〇一年・新日本出版社刊）の新装版です。

富安陽子《とみやすようこ》

1959年東京に生まれる。『クヌギ林のザワザワ荘』（あかね書房）で日本児童文学者協会新人賞、「小さなスズナ姫」シリーズ（偕成社）で新美南吉児童文学賞、『空へつづく神話』（偕成社）で産経児童出版文化賞受賞。作品に『キツネのまいもん屋』『カドヤ食堂のなぞなぞ』(新日本出版社）他。

篠崎三朗《しのざきみつお》

1937年福島県生まれ。桑沢デザイン研究所卒業。現代童画ニコン賞受賞。絵本に『あかいかさ』『おかあさんぼくできたよ』（至光社）、『おおきいちいさい』（講談社）、さし絵の仕事に『キツネのまいもん屋』『万次郎――地球を初めてめぐった日本人』（新日本出版社）など多数。日本児童出版美術家連盟所属。

幽霊屋敷貸《ゆうれいやしきか》します［新装版］

2018年 2月 5日　初　版　　NDC913 220P 21cm
2022年 5月 5日　第 3 刷

作　者　富安陽子
画　家　篠崎三朗
発行者　田所　稔
発行所　株式会社新日本出版社
〒151-0051　東京都渋谷区千駄ヶ谷4-25-6
営業03（3423）8402
編集03（3423）9323
info@shinnihon-net.co.jp
www.shinnihon-net.co.jp
振替　00130-0-13681

印　刷　光陽メディア　製　本　小泉製本

落丁・乱丁がありましたらおとりかえいたします。

ISBN978-4-406-06193-3　C8093　Printed in Japan

米作りを学ぶ
小学生たちを描く
全3巻

堀米 薫 作　黒須高嶺 絵

あぐり☆サイエンスクラブ：春
まさかの田んぼクラブ!?

学は、「あぐり☆サイエンスクラブ員募集」のチラシをひろう。「野外活動。合宿あり」——おもしろいことが待っていそうな予感！

あぐり☆サイエンスクラブ：夏
夏合宿が待っている！

学と雄成、奈々は「あぐり☆サイエンスクラブ」の仲間だ。学たちは種まきから田植え、草取りとずっと稲の成長を見守ってきた——。

あぐり☆サイエンスクラブ：秋と冬、その先に

春の田植え以来、稲の成長を見守ってきた「あぐり☆サイエンスクラブ」。いよいよ稲刈りの時を迎える。学たちは手刈りに挑戦！

各巻定価：本体1400円＋税